Hallo, ich bin Kiko!
Ich begleite dich bei der Reise durch dein Bundesland, Deutschland, Europa und die Welt und zeige dir, was es alles in deinem Atlas zu entdecken gibt.

Mit Hilfsmitteln Räume erschließen

- 2 Zoomen mit dem Maßstab
- 4 Von der Wirklichkeit zum Plan
- 6 Mit dem Stadtplan unterwegs
- 16 Mit Straßenkarte und Wanderkarte unterwegs
- 30 Mit dem Wegeplan im Zoo
- 52 Register

Rheinland-Pfalz auf einen Blick

- 8 Rheinland-Pfalz im Überblick
- 26 Landschaften nutzen und gestalten
- 28 Landschaften nutzen und schützen
- 32 Wirtschaft und Arbeit
- 36 Das Bundesland Rheinland-Pfalz

Sich im Heimatraum orientieren

- 10 Der Norden von Rheinland-Pfalz
- 12 Der Süden von Rheinland-Pfalz
- 14 Von der Eifel zum Westerwald
- 18 Zwischen Mosel und Rhein
- 22 Der Pfälzerwald und seine Umgebung

Themen unter die Lupe nehmen

- 20 Trier – die Römer in Rheinland-Pfalz
- 24 Flussbegradigung am Rhein
- 34 Landeshauptstadt Mainz

Entdecke Deutschland und Europa

- 37 Deutschland – Bundesländer
- 38 Landschaften in Deutschland
- 40 Landschaften in Europa
- 42 Europa – Vielfalt und Gemeinschaft

Entdecke die Welt

- 44 Staaten der Erde
- 46 Die Erde als Lebensraum
- 48 Die Erde im Weltraum und als Karte
- 50 Unser Sonnensystem

2 Zoomen mit dem Maßstab

1 Im Weltall: Planet Erde

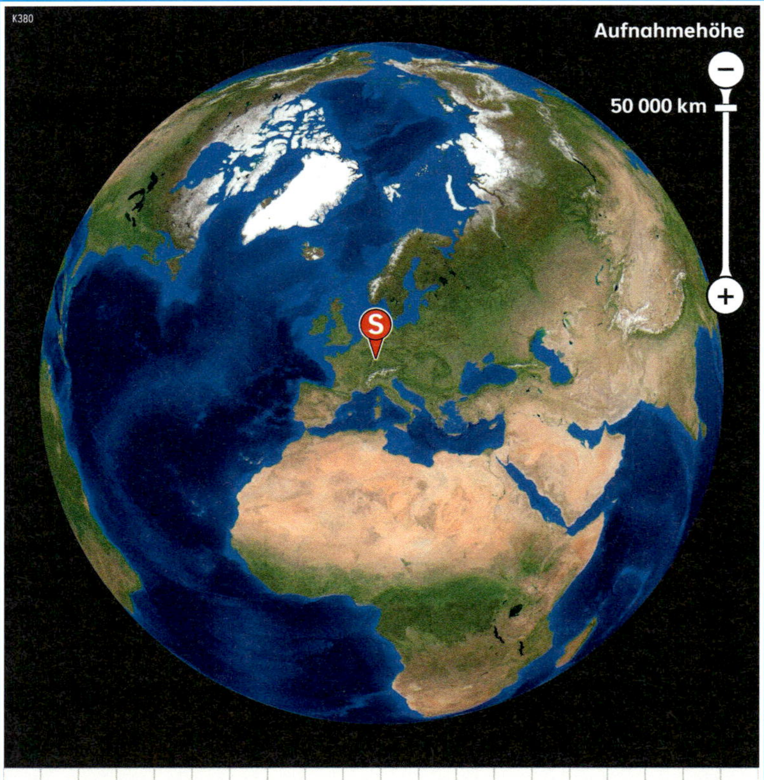

1500 km in der Natur
0 1 2 cm
Maßstab 1 : 150 000 000

1 5 0 0 0 0 0 0 0 cm
150 Millionen

2 Ein Kontinent: Europa

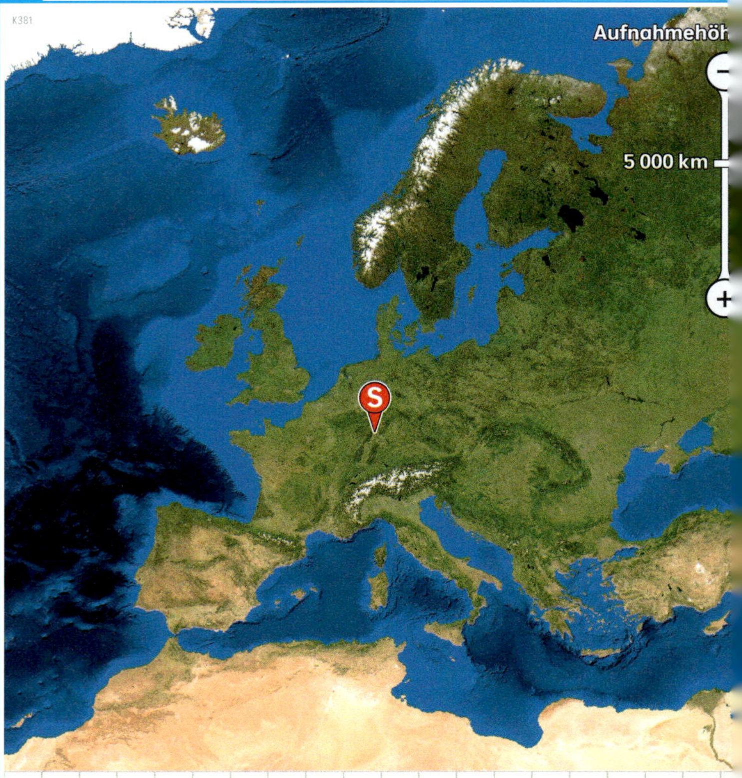

500 km in der Natur
0 1 2 cm
Maßstab 1 : 50 000 000

5 0 0 0 0 0 0 0 cm
50 Millionen

4 Ein Bundesland: Rheinland-Pfalz

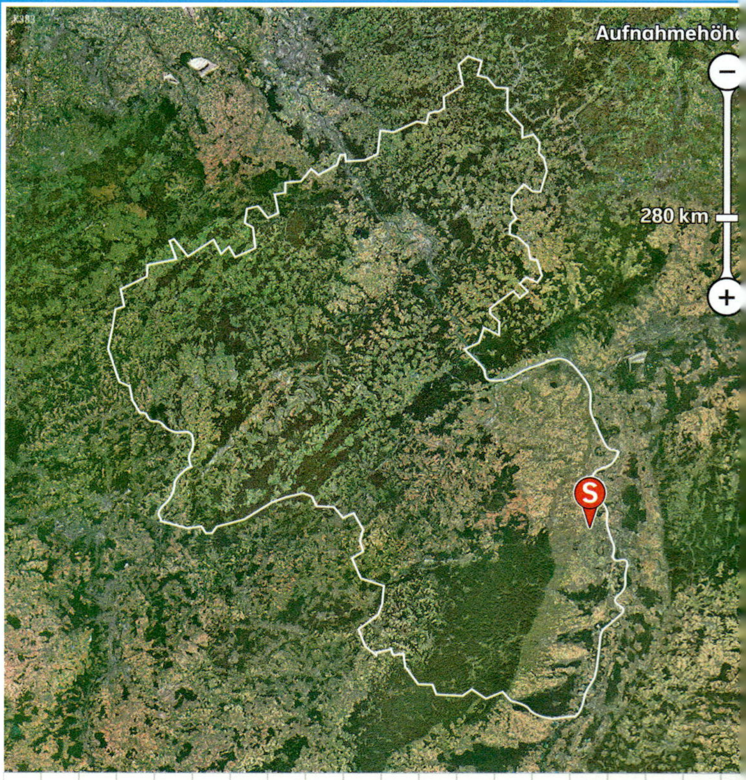

25 km in der Natur
0 1 2 cm
Maßstab 1 : 2 500 000

2 5 0 0 0 0 0 cm
2,5 Millionen
2 Millionen 500 Tausend

Lies mal

Vom Weltraum bis zur Schule ist es ein weiter Weg. Wir zoomen immer näher an die Erdoberfläche heran. Dabei hilft uns der **Maßstab**. Er gibt an, wie stark die Wirklichkeit auf dem Bild verkleinert ist. Die Wirklichkeit entspricht dem Verhältnis 1:1. Mit einem Lineal kannst du nachmessen, welcher Entfernung in der Wirklichkeit ein Zentimeter im Bildausschnitt entspricht.

Ein Land: Deutschland

100 km in der Natur
0 1 2 cm
Maßstab 1 : 10 000 000

1 0 0 0 0 0 0 0 cm
10 Millionen

Das Bild zeigt Deutschland im Maßstab von 1 : 10 000 000. Das spricht man: Eins zu zehn Millionen. Ein Zentimeter im Bildausschnitt entspricht 10 000 000 Zentimetern in der Wirklichkeit. Das sind genau 100 000 Meter oder 100 Kilometer.

100 km in der Natur
0 1 2 cm
Maßstab 1 : 10 000 000

im Bild	in der Natur	
1 cm	1 0 0 0 0 0 0 0	cm
	1 0 0 0 0 0 ~~0~~ ~~0~~	m
	1 0 0 ~~0~~ ~~0~~ ~~0~~	km

Eine Stadt: Frankenthal

500 m in der Natur
0 1 2 cm
Maßstab 1 : 50 000

5 0 0 0 0 cm
50 Tausend

6 Eine Schule im Stadtviertel

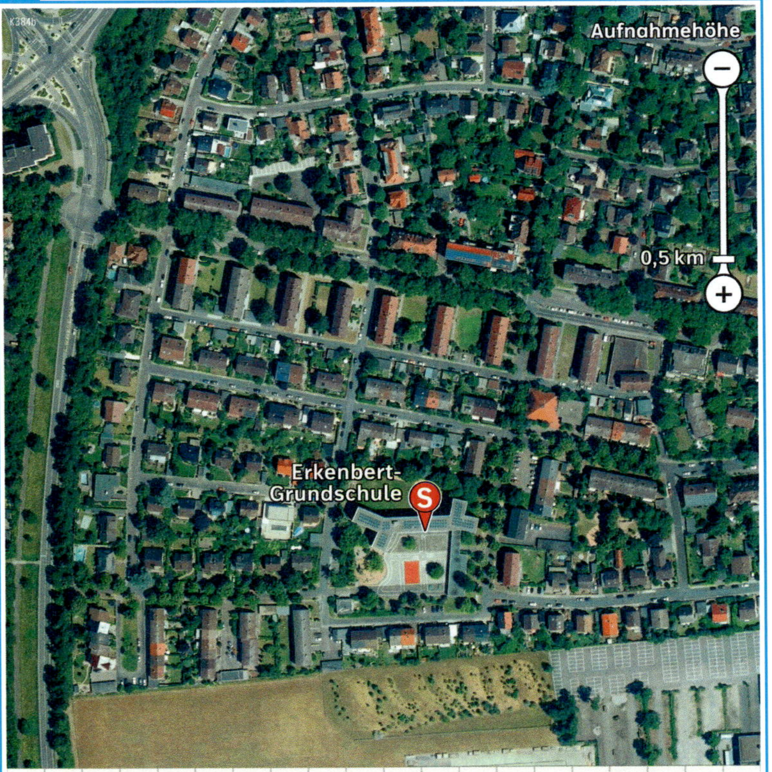

50 m in der Natur
0 1 2 cm
Maßstab 1 : 5 000

5 0 0 0 cm
5 Tausend

4 Von der Wirklichkeit zum Plan

1 Schrägluftbild

Das Schrägluftbild zeigt das Deutsche Eck von schräg oben.

2 Senkrechtluftbild

Senkrechtluftbilder werden senkrecht von oben aufgenommen. Sie dienen als Vorlage für Karten.

100 m in der Natur

0 1 2 cm

Maßstab 1 : 10 000

Fototour

Kaiser-Wilhelm-Denkmal

Forum Confluentes am Zentralplatz

Fußgängerzone in der Altstadt

Manches ist in einer Karte nicht zu sehen, wie zum Beispiel die Tageszeiten. Nenne noch andere Dinge, die eine Karte nicht zeigt.

Lies mal

Eine **Karte** vereinfacht die Wirklichkeit. Die wichtigsten Dinge der Wirklichkeit werden mit unterschiedlichen Farben zusammengefasst. So bekommt man einen guten Überblick. Die Farben und Zeichen der Karte sind in der **Legende** erklärt. Sie hilft beim Lesen der Karte. Der **Maßstab** gibt an, wie stark die Wirklichkeit auf der Karte verkleinert ist.

Schiffsanleger an der Mosel

3 Karte: Das Deutsche Eck in Koblenz

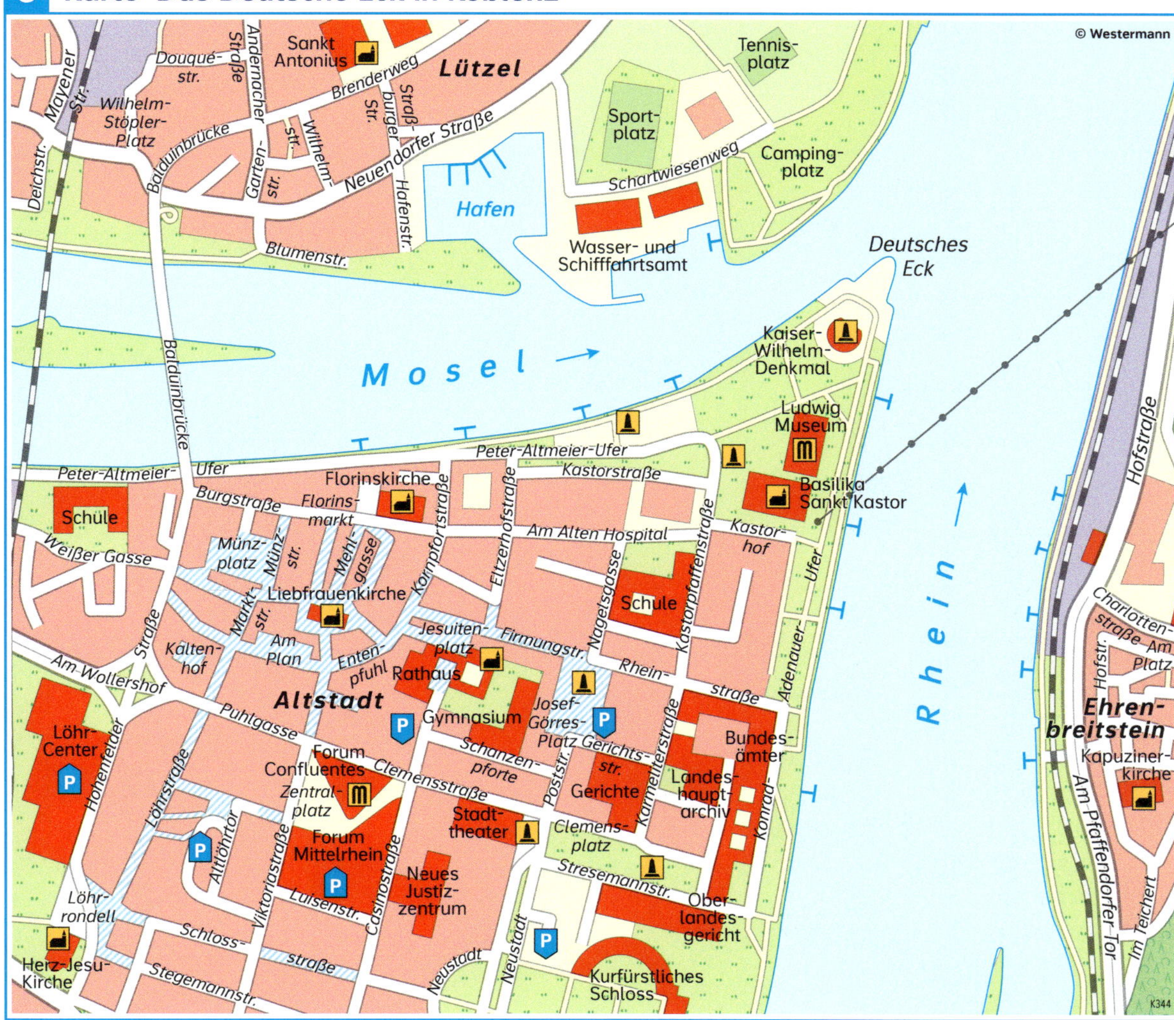

Legende

Flächennutzung

- Wohnhäuser, Geschäfte
- öffentliche Gebäude (Verwaltung, Behörde, Bildungseinrichtungen)
- Gewerbe, Industrie
- Wald
- Park, Grünfläche, Wiese
- Kleingartenanlage
- Kirche
- Museum
- Denkmal

Verkehr

- Eisenbahn
- Hauptverkehrsstraße
- sonstige Straße
- Fußgängerzone
- Schiffsanleger
- Parkhaus; Tiefgarage
- Seilbahn

100 m in der Natur
0 1 2 cm
Maßstab 1:10 000

Mit dem Stadtplan unterwegs

Lies mal

Stadtpläne helfen dir, dich in fremden Städten zurechtzufinden. Sie zeigen Straßen, alle wichtigen Gebäude und vieles mehr. Damit du nicht lange suchen musst, sind Stadtpläne in **Planquadrate** unterteilt. Im **Straßenverzeichnis** kannst du nachsehen, in welchem Planquadrat die gesuchte Straße zu finden ist. Um sich zu orientieren, hilft es, die **Himmelsrichtungen** bestimmen zu können. Auf fast allen Karten ist oben **Norden (N)**, unten **Süden (S)**, links **Westen (W)**, rechts **Osten (O)**.

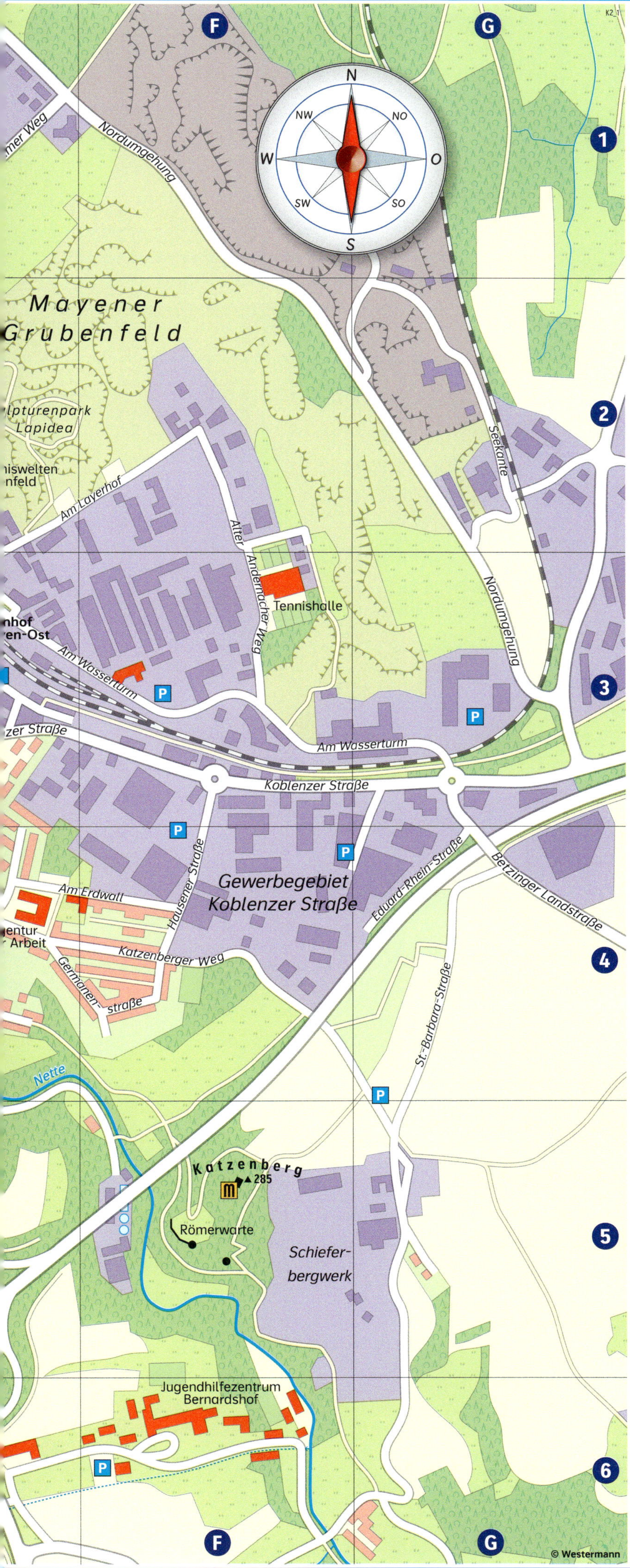

Straßenverzeichnis von Mayen

Straßennamen (Auswahl)

Straße	Planquadrat
Alleestraße	D3
Alte Hohl	A3
Alter Andernacher Weg	F2–F3
Am Erdwall	E4–F4
Am Heckenberg	A2–B2
Am Lavafeld	E1
Am Layerhof	E2–F2
Am Vulkanpark	E2
Am Wasserturm	E3–G3
An Sagnesmühle	A1
Auf der Eich	C1–C3
Bachstraße	B1–C2
Bäckerstraße	C3
Bannerberg	D3–D4
Betzinger Landstraße	G4
Boemundring	C3–C4
Bürresheimer Straße	B1–B2
Eichenstraße	A3–A4
Eifelstraße	B3
Eifelplatz	B3–B4
Einsteinstraße	B4–B5
Eintrachtstraße	C4
Entenpfuhl	C3
Finstingenstraße	B3
Frankenstraße	D2–D3
Gartenstraße	B2
Genovevastraße	C4
Gerberstraße	C3–C4
Gevelsbergstraße	C5
Göbelstraße	C3
Goethestraße	D3–E3
Habsburgring	B3–C2
Hausener Straße	F4
Hinter Burg	B4
Holler Pfad	A3
Im Bannen	D3–D4
Im Keutel	C3
Im Möhren	B2
Im Trinnel	C3
In den Wingerten	B1
In der Weiersbach	C4–D4
Joignystraße	C5
Katzenberger Weg	E3–F4
Kehriger Straße	C4–D5
Kelberger Straße	A4
Koblenzer Straße	C3–G3
Kolpingstraße	B4–B5
Königsbergstraße	A2–B2
Kottenheimer Weg	D2–E1
Lindenstraße	A3
Maifeldstraße	C4–D4
Marktplatz	C3
Marktstraße	C3
Mozartweg	C6
Nachtigallenweg	C2–D2
Neustraße	C3
Nordumgehung	F1–G3
Ostbahnhofstraße	D3–F3
Polcher Straße	C4–D5
Robert-Koch-Straße	B4
Römerhügel	C2
Römerstraße	D2–D3
Röntgenstraße	D6
Sankt-Veit-Straße	C3–D3
Seekante	G2
Siegfriedstraße	C4
Stehbach	B3–C3
Steinweg	E1
Töpferstraße	B3–C3
Triaccaweg	E4
Uferstraße	C2
Wasserpförtchen	C3
Westbahnhofstraße	B3
Wittbende	C2

Öffentliche Gebäude, Sehenswürdigkeiten

Gebäude	Planquadrat
Altes Rathaus	C3
Bahnhof Mayen-Ost	E3
Bahnhof Mayen-West	B3
Burghalle	B4
Brückentor	C3
Eifelmuseum	C4
Erlebniswelten Grubenfeld	E2
Forum Mayen	C3
Genovevaburg	C3
Grundschule Hinter Burg	B4
Grundschule Sankt Veit	E3
Jugendherberge	B2
Nettebad	C2
Obertor	B3
Römerwarte	F5
Stadtbücherei	B3

Legende

Flächennutzung

- Wohnhäuser, Geschäfte
- öffentliche Gebäude
- Gewerbe, Industrie
- Garten
- Friedhof
- Wald
- Wiese, Weide
- Steinbruch
- Steinbruch (stillgelegt)

Verkehr

- Bundesstraße
- Straße
- Fußgängerzone
- P Parkplatz
- P Tiefgarage
- Eisenbahn

Öffentliche Gebäude und Sehenswürdigkeiten

- Information
- Rathaus
- Post
- Polizei
- Krankenhaus
- Museum
- Kirche
- Burg
- Hallenbad
- Freibad
- Sportplatz, Sportanlage

100 m in der Natur
0 1 2 cm
Maßstab 1 : 10 000

Rheinland-Pfalz im Überblick

Die **Pilotkarte** zeigt dir, wo das Bundesland Rheinland-Pfalz innerhalb Deutschlands liegt.

höhen (in Meter)

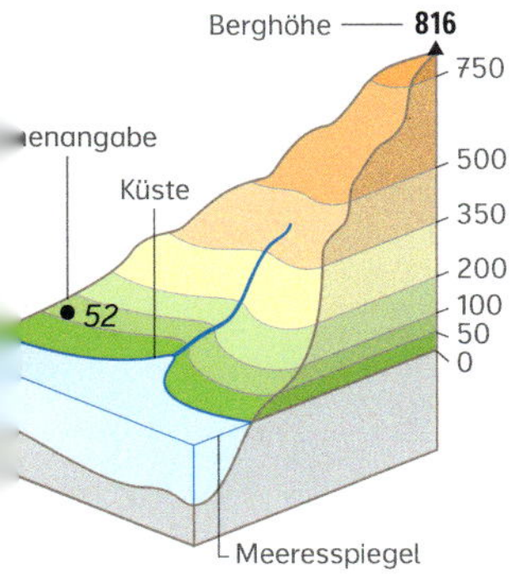

schaften

f e l	Name eines Gebirges oder Höhenzuges
nersberg	Name eines Berges
nrich	Name einer Landschaft

ässer

	Fluss
	Kanal
	See
	Stausee mit Staumauer
hein	Name eines Gewässers

(Größe in Einwohner)

	über 1 000 000
	100 000 bis 1 000 000
	unter 100 000
	Siedlungsfläche

zen

	Staatsgrenze
	Landesgrenze

altung

mburg	Hauptstadt eines Staates
ainz	Landeshauptstadt
GIEN	Name eines Staates
ssen	Name eines Bundeslandes

rde in Rheinland-Pfalz

	höchster Berg
	tiefste Stelle
	längster Fluss
	größter See
	größte Stadt

8 km in der Natur
0 1 2 cm
Maßstab 1 : 800 000

Lies mal

Die **physische Karte** zeigt eine Landschaft mit ihren natürlichen Merkmalen. Sie informiert über den Verlauf von Flüssen und die Lage von Seen. Sie gibt an, wo sich Berge befinden und wie hoch sie sind. Zur Orientierung sind auch Städte eingezeichnet. Alle Namen findest du im **Register** am Ende des Atlas.
Landschaften haben verschiedene Höhen. Durch verschiedene Farben werden diese Höhenunterschiede deutlich gemacht.

Berge auf der Karte

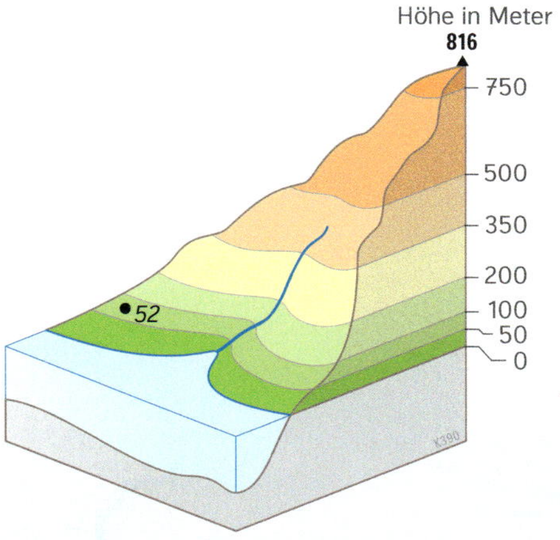

Die Farben geben die Höhe von Landschaften an. An einem Blockbild kannst du sie ablesen.

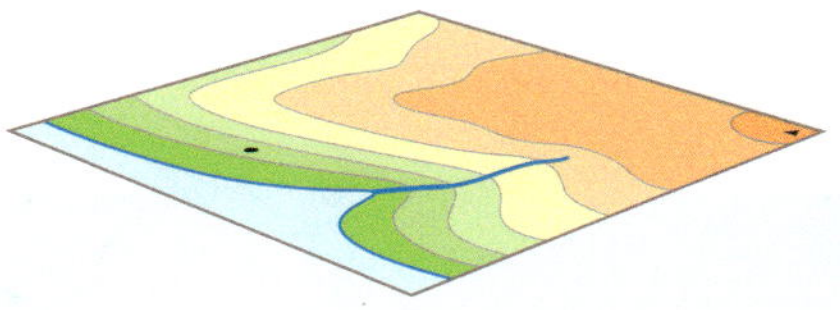

Das Blockbild wird zu einer flachen Karte zusammengedrückt.

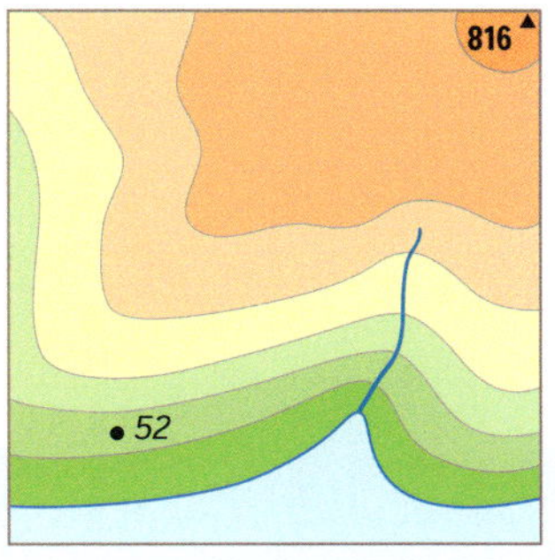

Und so findest du sie in diesem Atlas.

Übungskarte: Rheinland-Pfalz

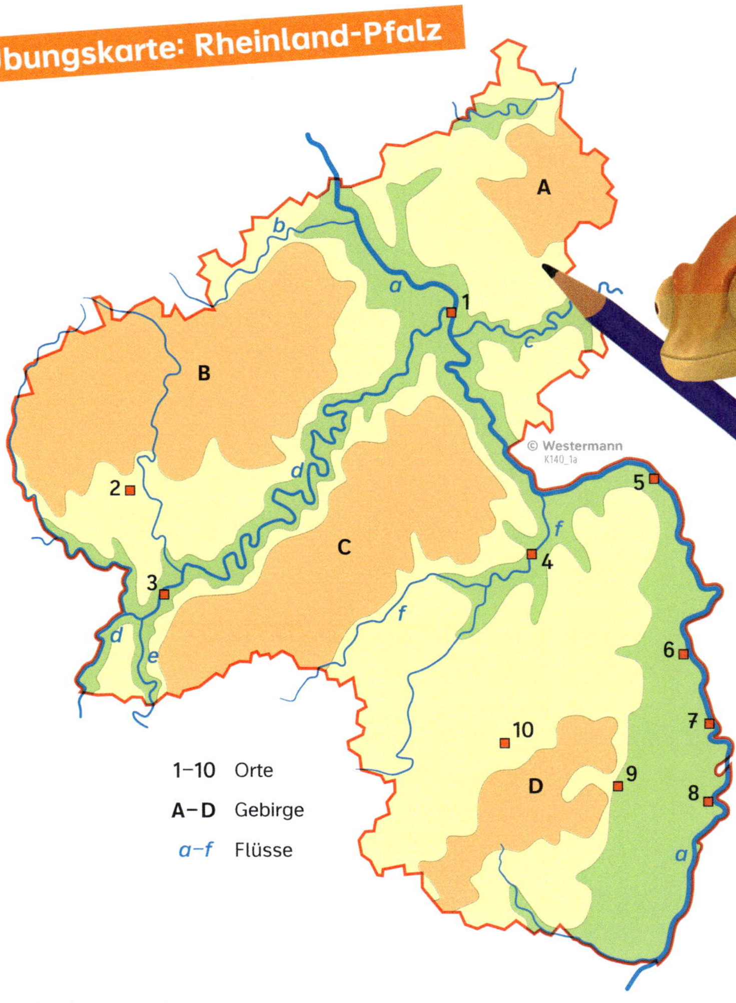

Mit zunehmender Höhe ändert sich die Farbe von grün nach braun.

10 Der Norden von Rheinland-Pfalz

Lies mal

Der nördliche und mittlere Teil von Rheinland-Pfalz ist von vier Mittelgebirgen geprägt. Im Nordwesten erstreckt sich die **Eifel**. Im Nordosten liegt der **Westerwald**. In der Landesmitte verläuft der **Hunsrück**. Im Osten an der Landesgrenze zu Hessen beginnt der **Taunus**.
Der **Rhein** und die **Mosel** sind die beiden größten Flussläufe im nördlichen und mittleren Landesteil. Beide Flüsse spielen eine wichtige Rolle für die Binnenschifffahrt.

Fototour

Maare bei Daun **C4**

Cochem an der Mosel **D4**

Druidenstein bei Kirchen im Westerwald **F1**

Lege diese Doppelseite oben auf die Doppelseite 12/13 aus einem zweiten Atlas.

Anlegemarke

Landhöhen (in Meter)

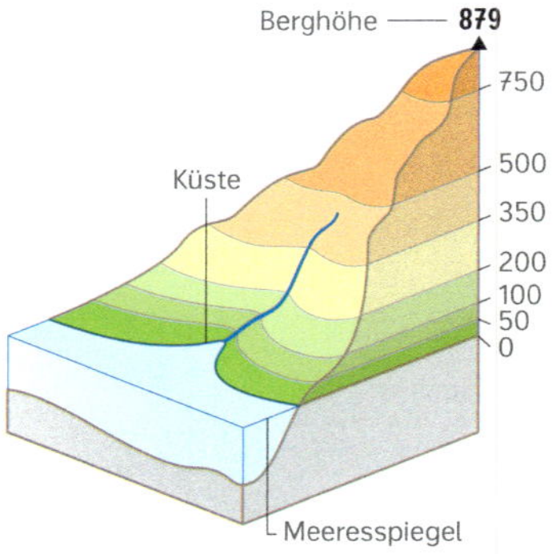

Landschaften

Eifel Name eines Gebirg oder Höhenzuges

Hohe Acht Name eines Berges

Einrich Name einer Landsc

Gewässer

Fluss

See

Stausee mit Staum

wassergefülltes Mc

(Größe in Einwohner)

über 1 000 000
100 000 bis 1 000 000
20 000 bis 100 000
5 000 bis 20 000
unter 5 000
Stadtteil
Siedlungsfläche

Verkehr

Eisenbahn
- Hauptstrecke
- Nebenstrecke
- Eisenbahntunnel

Straßen
- Autobahn
- Fernstraße
- sonstige Straße
- Straßentunnel

Schiffsverkehr
- schiffbarer Fluss

Grenzen
- Staatsgrenze
- Landesgrenze

Verwaltung
- Mainz — Landeshauptstadt
- BELGIEN — Name eines Staates
- Hessen — Name eines Bundeslandes

5 km in der Natur
0 1 2 cm
Maßstab 1: 500 000

Der Süden von Rheinland-Pfalz

Siehe Anlegemarken auf den Seiten 10/11.

Anlegemarke

Fototour

Moselschleife bei Trittenheim **C6**

Aussichtspunkt am Erbeskopf **D6**

Teufelstisch von Hinterweidenthal im Dahner Felsenland **E8**

Lies mal

Im Süden an den **Hunsrück** schließt sich das **Pfälzer Bergland** an. Südlich des Pfälzer Berglandes beginnt der **Pfälzerwald**. Zwischen Mainz und Worms erstreckt sich **Rheinhessen**. Daran anschließend liegt westlich des Rheins die **Pfälzer Rheinebene**. Der **Rhein** bildet die Landesgrenze zu Baden-Württemberg und Hessen.

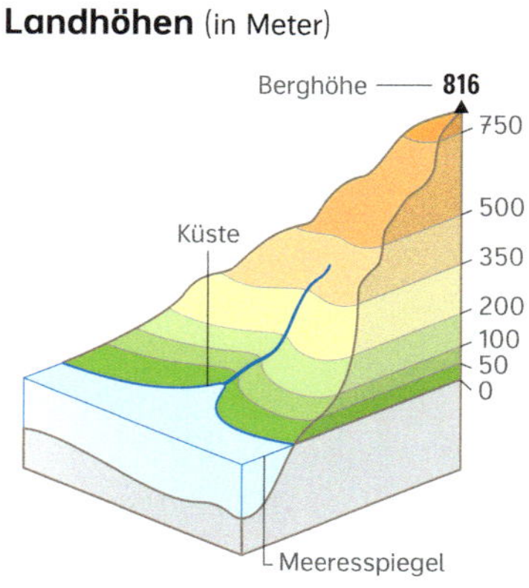

Landhöhen (in Meter)

Landschaften

Haardt	Name eines Gebirges oder Höhenzuges
Erbeskopf	Name eines Berges
Saargau	Name einer Landsch

Gewässer

Fluss

Kanal

See

Stausee mit Staumau

e (Größe in Einwohner)

über	100 000
20 000 bis	100 000
5 000 bis	20 000
unter	5 000
Stadtteil	
Siedlungsfläche	

Verkehr

Eisenbahn
- Hauptstrecke
- Nebenstrecke
- Eisenbahntunnel

Straßen
- Autobahn
- Fernstraße
- sonstige Straße

Schiffsverkehr
- schiffbarer Fluss

Grenzen
- Staatsgrenze
- Landesgrenze

Verwaltung

Saarbrücken	Landeshauptstadt
FRANKREICH	Name eines Staates
Saarland	Name eines Bundeslandes

5 km in der Natur
0 1 2 cm
Maßstab 1:500 000

Von der Eifel zum Westerwald

Lies mal

Die **Eifel** wird im Norden von der **Ahr** und im Süden von der Mosel begrenzt. Zahlreiche Maare und der Laacher See sind Hinweise auf den vulkanischen Ursprung der Landschaft. Auch der **Westerwald** ist vulkanisch geprägt. Am südlichen Rand des Westerwalds liegt das Kannenbäckerland. Es ist für seine Tonindustrie bekannt. Südlich der **Lahn** beginnt der **Taunus**.

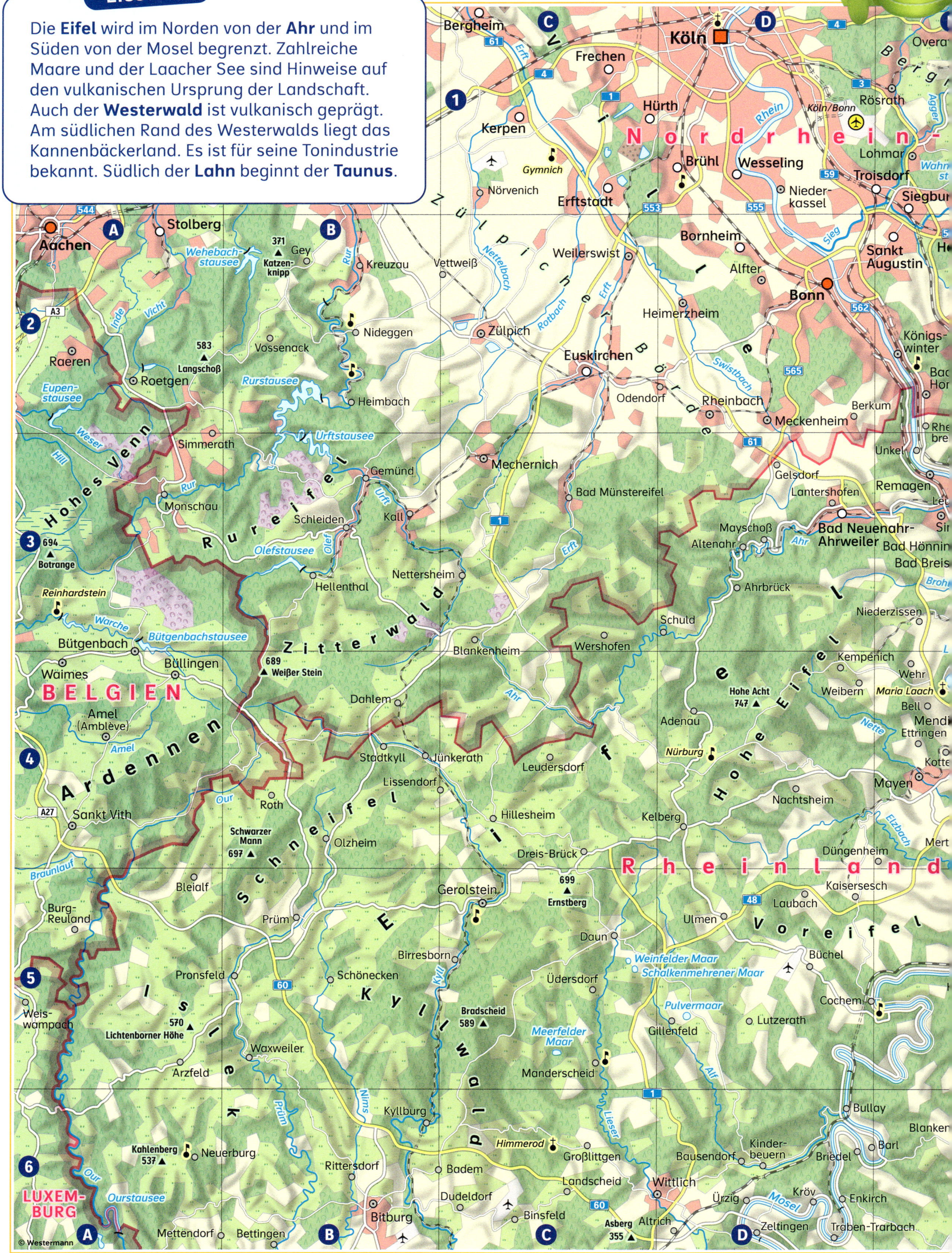

Finde den Laacher See in der Karte. Am Seeufer liegt Maria Laach. Was ist das für ein Bauwerk? Die Legende verrät es dir.

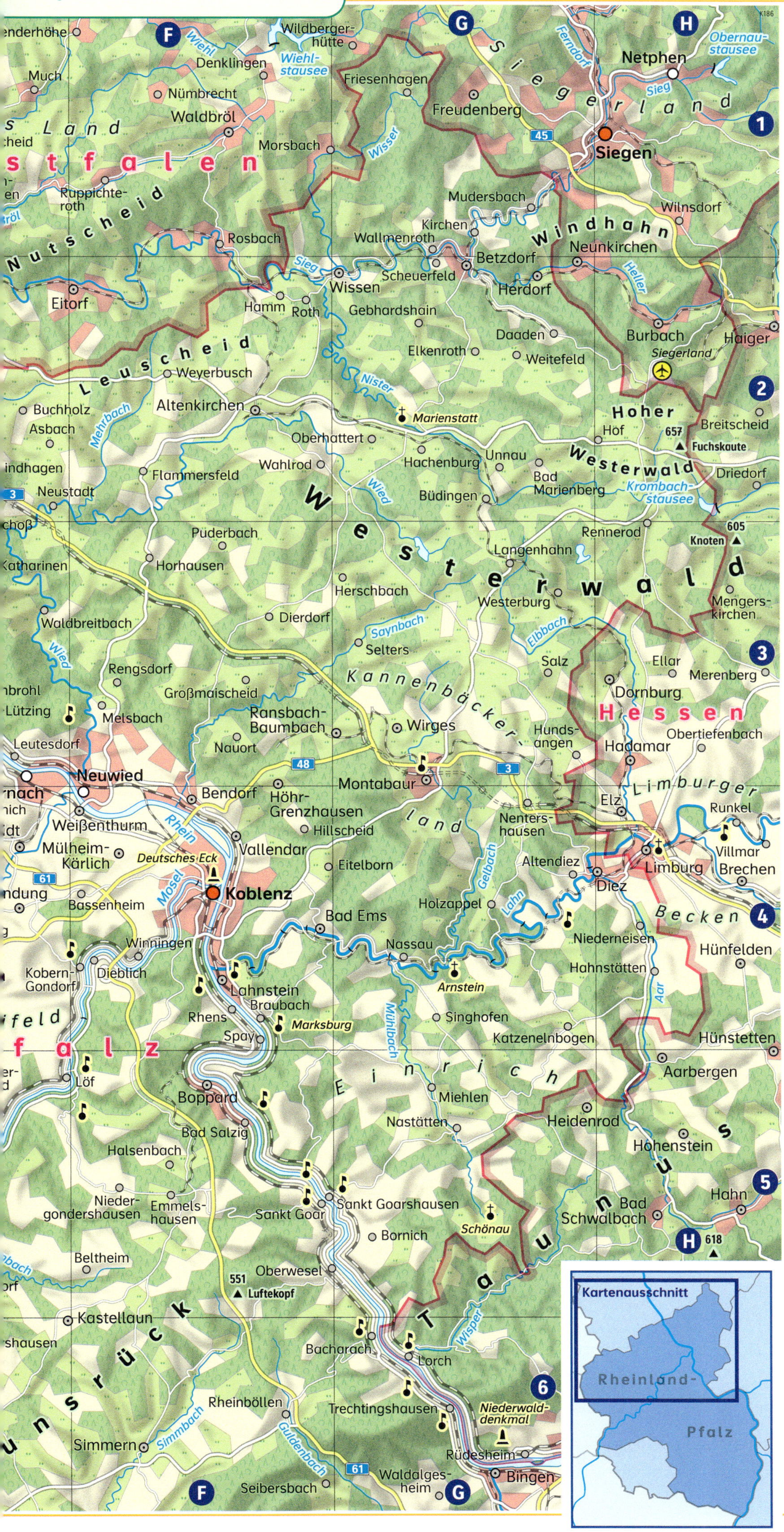

Landschaften und Flächennutzung

- Wald
- Wiese, Weide
- Heide
- Sumpf
- Landwirtschaft
- 747 Berg mit Höhenangabe in Meter
- **Eifel** Name eines Gebirges oder Höhenzuges
- *Einrich* Name einer Landschaft

Gewässer

- Fluss mit Schleuse
- See
- Stausee mit Staumauer
- *Lahn* Name eines Gewässers

Orte (Größe in Einwohner)

- über 1 000 000
- 100 000 bis 1 000 000
- 20 000 bis 100 000
- 5 000 bis 20 000
- unter 5 000
- Siedlungsfläche

Bauwerke

- Schloss, Burg, Ruine
- wichtige Kirche, wichtiges Kloster
- Denkmal, bedeutendes Bauwerk
- *Nürburg* Name eines Bauwerks

Verkehr

Eisenbahn

- Hauptstrecke
- Nebenstrecke
- Eisenbahntunnel

Straßen

- 1 Autobahn mit Nummer
- Fernstraße
- sonstige Straße
- Straßentunnel
- Straße im Bau

Flugverkehr

- Flughafen
- Flugplatz

Schiffsverkehr

- schiffbarer Fluss

Grenzen

- Staatsgrenze
- Landesgrenze

4 km in der Natur
0 1 2 cm
Maßstab 1 : 400 000

Mit Straßenkarte und Wanderkarte unterwegs

1 Straßenkarte

Straßen
- Autobahn
- Bundesstraße
- Verbindungsstraße
- 3 Autobahn-Nummer
- 8 Bundesstraßen-Nummer
- E35 Europastraßen-Nummer
- 41 Diez Autobahnabfahrt mit Namen
- Raststätte
- Tankstelle

Entfernungen (in Kilometer)
- auf der Autobahn (5 – 10 – 6)
- auf der Bundesstraße (10)
- auf Straßenabschnitten (6 – 10)

Flächennutzung
- Siedlungsfläche
- Wald

Grenzen
- Landesgrenze

3 km in der Natur
0 1 2 cm
Maßstab 1 : 300 000

Lies mal

Mit dem Rad oder zu Fuß ist man langsamer als mit dem Auto. Für unterschiedliche Entfernungen benötigt man Karten mit verschiedenen Maßstäben. Außerdem sind bei einer Wanderung andere Informationen wichtig als bei der Navigation mit dem Auto. Eine **Straßenkarte** zeigt Straßen und Entfernungen zwischen Orten. In einer **Wanderkarte** sind Wege, Sehenswürdigkeiten und Höhenlinien eingetragen.

2 Wanderkarte

Landschaft
- Siedlungsfläche
- Grünanlage
- Wald
- Wiese, Weide
- Landwirtschaft
- 400 100-Meter-Höhenlinie
- 380 20-Meter-Höhenlinie
- 456 Berghöhe in Meter
- Gewässer

Sehenswürdigkeiten
- Burgruine
- Kirche
- Aussichtspunkt

Touristische Einrichtungen
- Hauptwanderweg
- Radwanderweg
- Campingplatz
- Schutzhütte
- Bootsverleih
- Surfen
- Angeln
- Freibad
- Spielplatz
- Grillplatz
- Minigolf
- Golfplatz
- Tennisanlage

Liegen Höhenlinien eng aneinander, ist das Gelände steil. Liegen sie weit auseinander, ist es flacher.

Verkehr
- Bundesstraße
- 8 Bundesstraßen-Nummer
- Straße
- Weg
- P Parkplatz

300 m in der Natur
0 1 2 cm
Maßstab 1 : 30 000

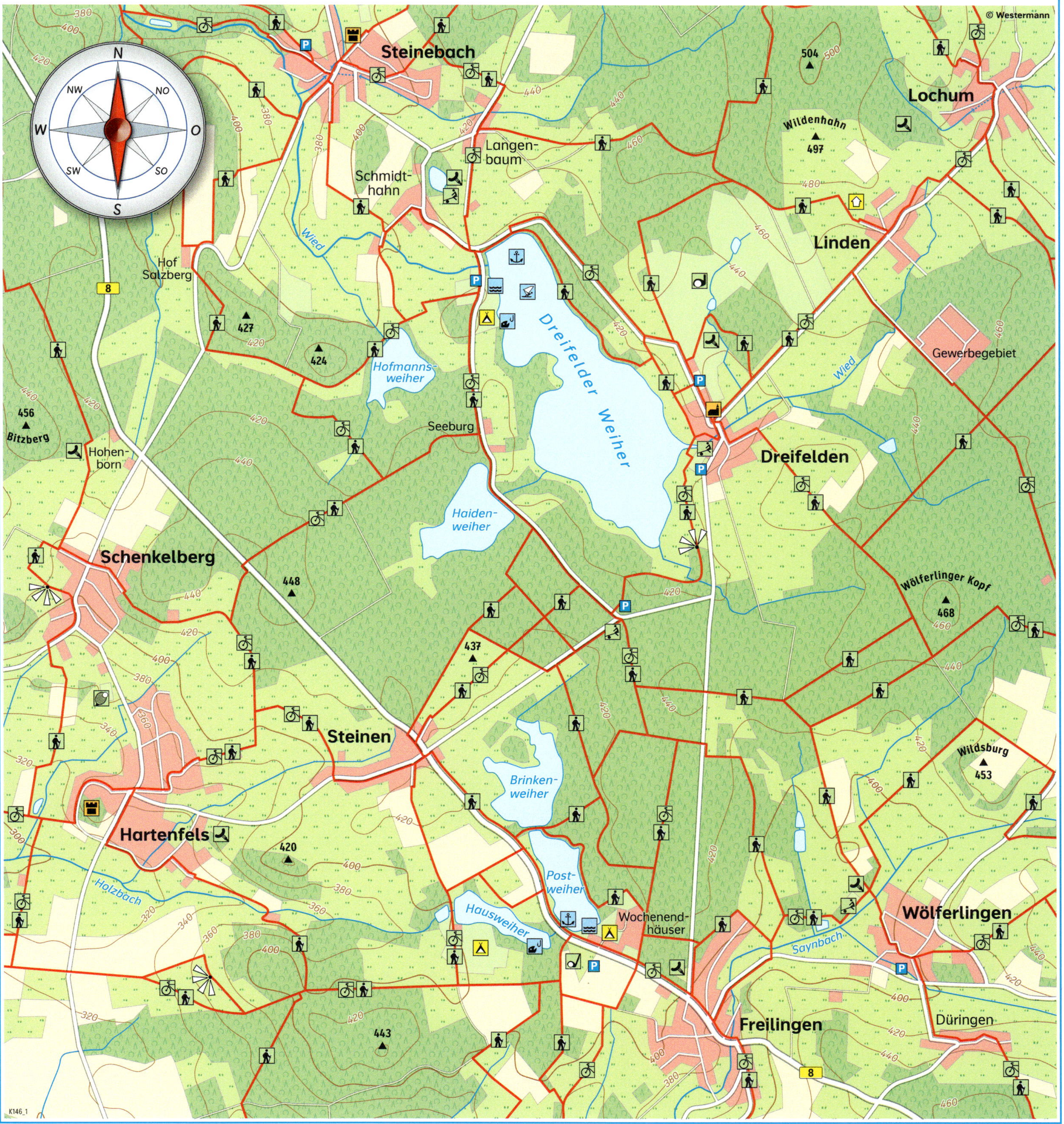

Zwischen Mosel und Rhein

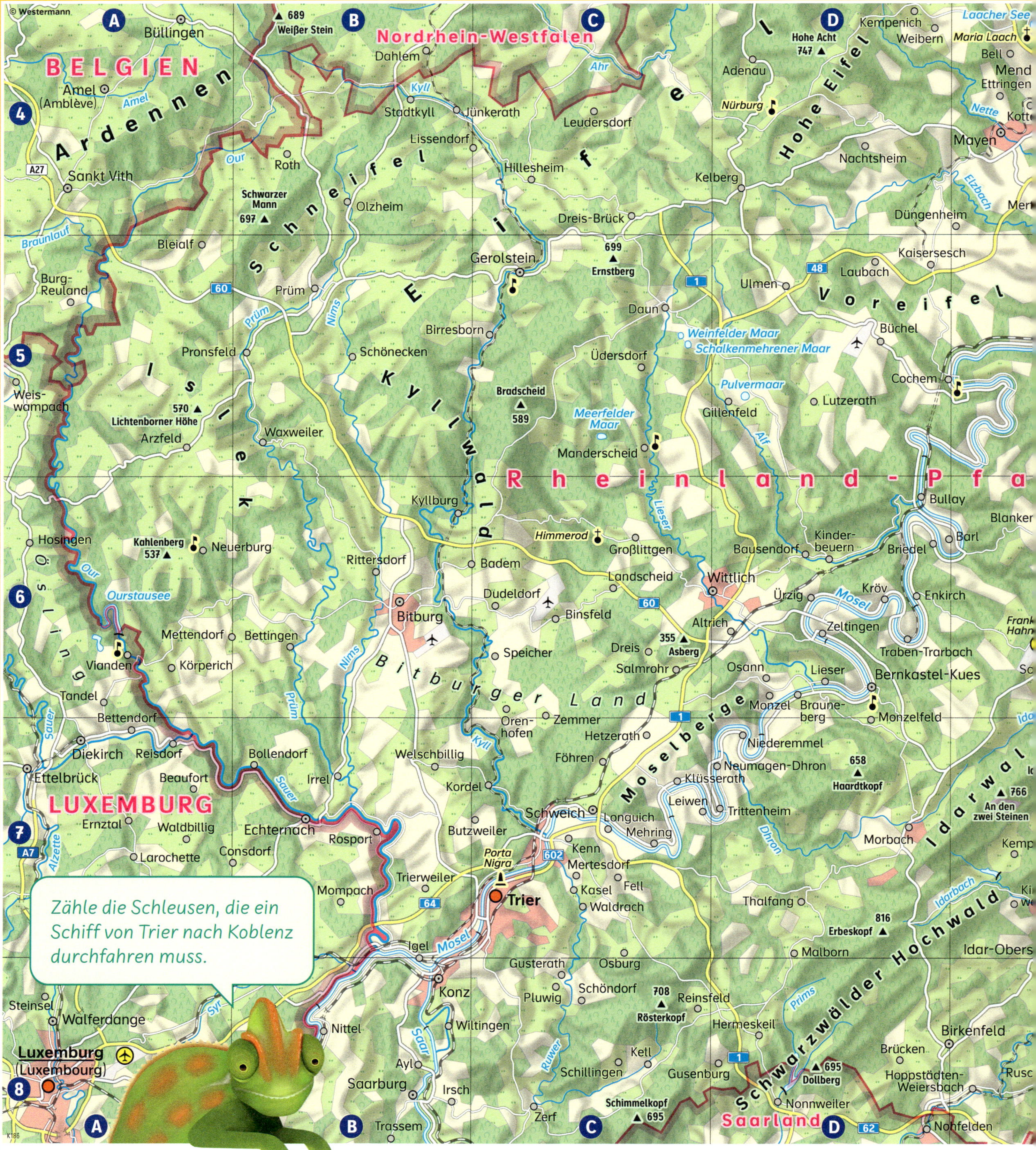

Landschaften und Flächennutzung

- Wald
- Wiese, Weide
- Heide
- Landwirtschaft
- ▲ 816 Berg mit Höhenangabe in Meter
- **Eifel** Name eines Gebirges oder Höhenzuges
- *Einrich* Name einer Landschaft

Gewässer

- Fluss mit Schleuse
- Kanal
- See
- Stausee mit Staumauer
- *Lahn* Name eines Gewässers

Orte (Größe in Einwohner)

- über 100 000
- 20 000 bis 100 000
- 5 000 bis 20 000
- unter 5 000
- Siedlungsfläche

Bauwerke

- Schloss, Burg, Ruine
- wichtige Kirche, wichtiges Klos[ter]
- Denkmal, bedeutendes Bauwe[rk]
- *Eltz* Name eines Bauwerks

Lies mal

Die **Mosel** fließt in zahlreichen Flussschlingen durch Rheinland-Pfalz. Bei Koblenz mündet sie in den Rhein. Südöstlich der Mosel und westlich des Rheins erstreckt sich der **Hunsrück** mit seinen Höhenzügen. Zwischen Bingen und Koblenz liegt das landschaftlich eindrucksvolle **Mittelrheintal**. Südlich von Mainz erstreckt sich **Rheinhessen**. Die hügelige Landschaft ist das größte Weinanbaugebiet in Deutschland.

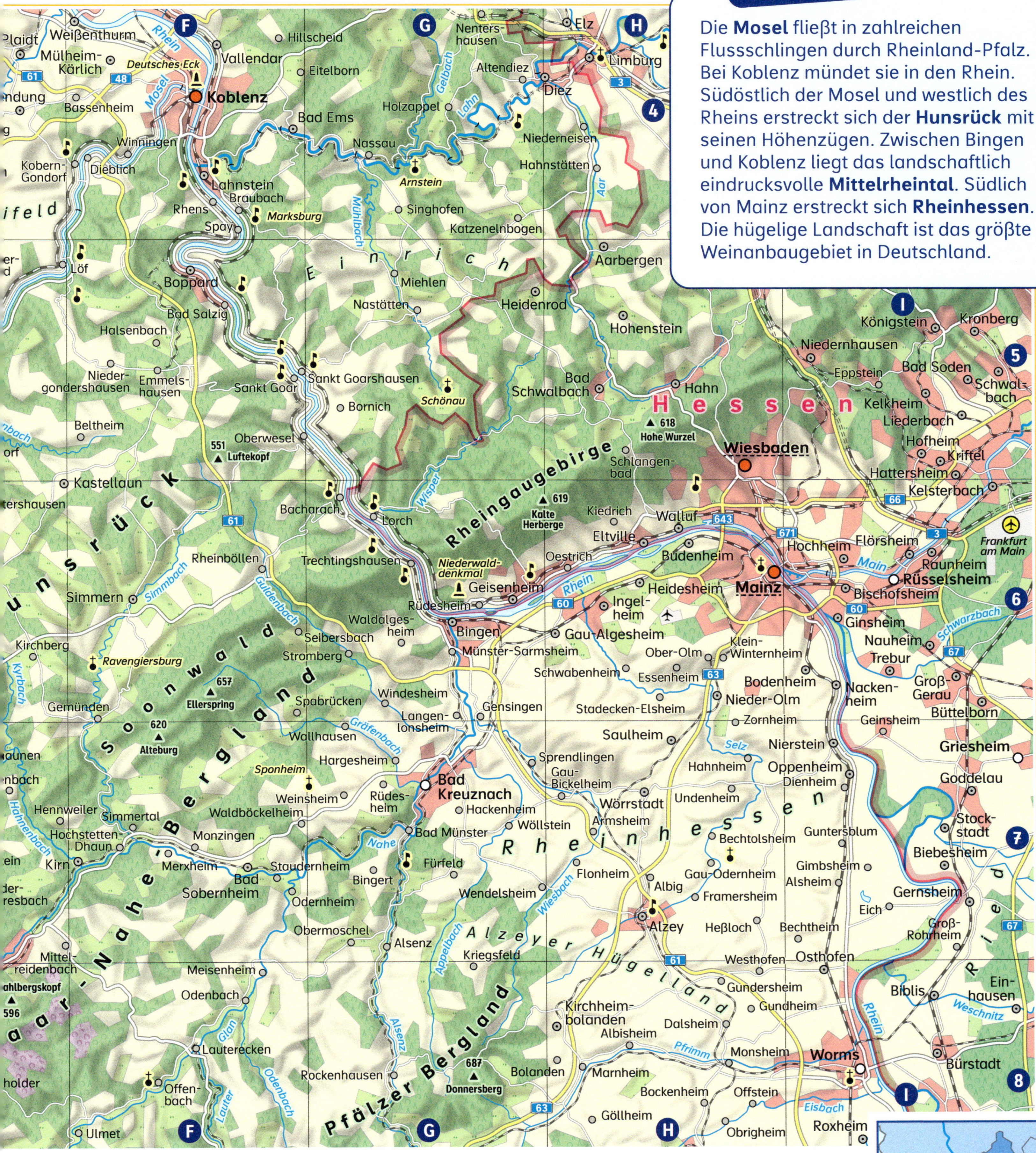

Verkehr

Eisenbahn
- Hauptstrecke
- Nebenstrecke
- Eisenbahntunnel

Schiffsverkehr
- schiffbarer Fluss

Straßen
- 1 Autobahn mit Nummer
- Fernstraße
- sonstige Straße
- Straßentunnel
- Straße im Bau

Flugverkehr
- Flughafen
- Flugplatz

Grenzen
- Staatsgrenze
- Landesgrenze

Verwaltung
- Luxemburg: Hauptstadt eines Staates
- Mainz: Landeshauptstadt

4 km in der Natur
0 1 2 cm
Maßstab 1:400 000

20 Trier – die Römer in Rheinland-Pfalz

Fototour

Porta Nigra

Amphitheater

Kaiserthermen

1 Trier zur Römerzeit um 350 n. Chr.

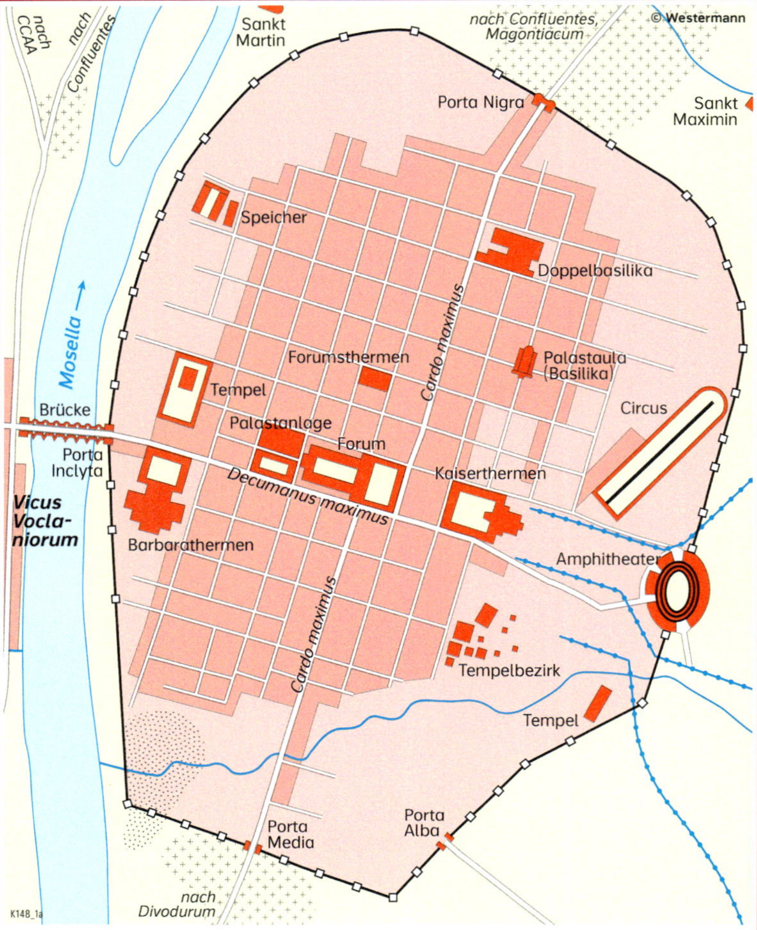

Flächennutzung

- bedeutendes Bauwerk
- Stadtmauer mit Turm
- Stadttor
- Bebauung
- unbebaute Fläche, Garten
- Gräberfeld
- Töpfereigelände

Verkehr, Transport

- Hauptachse, Hauptstraße
- sonstige Straße
- Wasserleitung

200 m in der Natur
0 1 2 cm
Maßstab 1 : 20 000

2 Trier – heutige Innenstadt

Flächennutzung

- römisches Bauwerk, Ausgrabungsstätte
- ehemaliger römischer Stadtmauerverlauf
- sonstige Sehenswürdigkeit
- Bebauung
- Industrie- und Eisenbahngelände
- Grünanlage, Garten, Wiese
- Weinberge

Verkehr

- Eisenbahn
- Straße
- Fußgängerzone

200 m in der Natur
0 1 2 cm
Maßstab 1 : 20 000

3 Zeitleiste: Stadtgeschichte von Trier

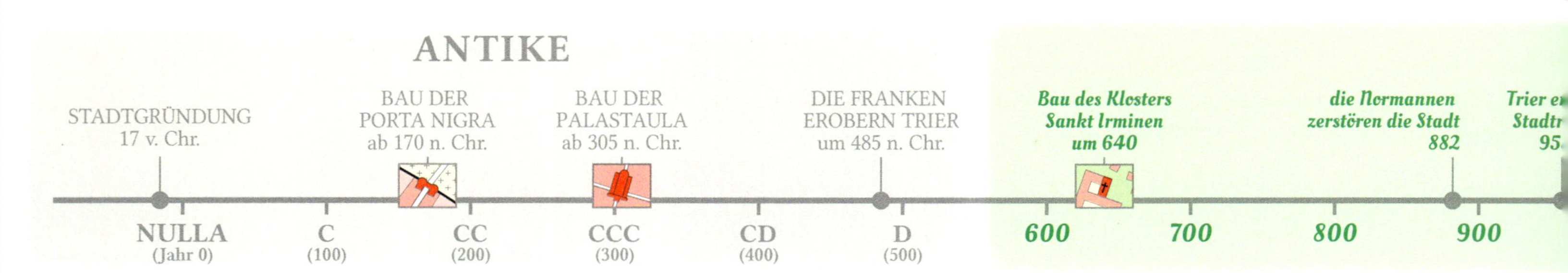

Lies mal

Vor ungefähr 2000 Jahren eroberten die Römer Gallien, wo heute Frankreich liegt. Von dort drangen sie auch über den Rhein vor. Zum Schutz der eroberten Gebiete bauten sie einen Grenzwall, den **Limes**.
Die Römer errichteten Lager und Kastelle.
Bei manchen Orten kannst du noch heute den römischen Ursprung im Namen erkennen. An der Mosel entstand **Augusta Treverorum: Trier**.

4 Römische Besiedlung in Rheinland-Pfalz um 200 n. Chr.

Gebiete
Römisches Reich
Germanien

Grenzen
Limes (befestigter Grenzwall)
Grenze des heutigen Bundeslandes Rheinland-Pfalz

Orte
römische Stadt
Legionslager
Kastell

Verkehr
wichtige Straße

Namen
Bingium *Lagona* römischer Name (lateinische Sprache)
(Bingen) *(Lahn)* heutiger Name

20 km in der Natur
0 1 2 cm
Maßstab 1 : 2 000 000

5 Das Römische Reich

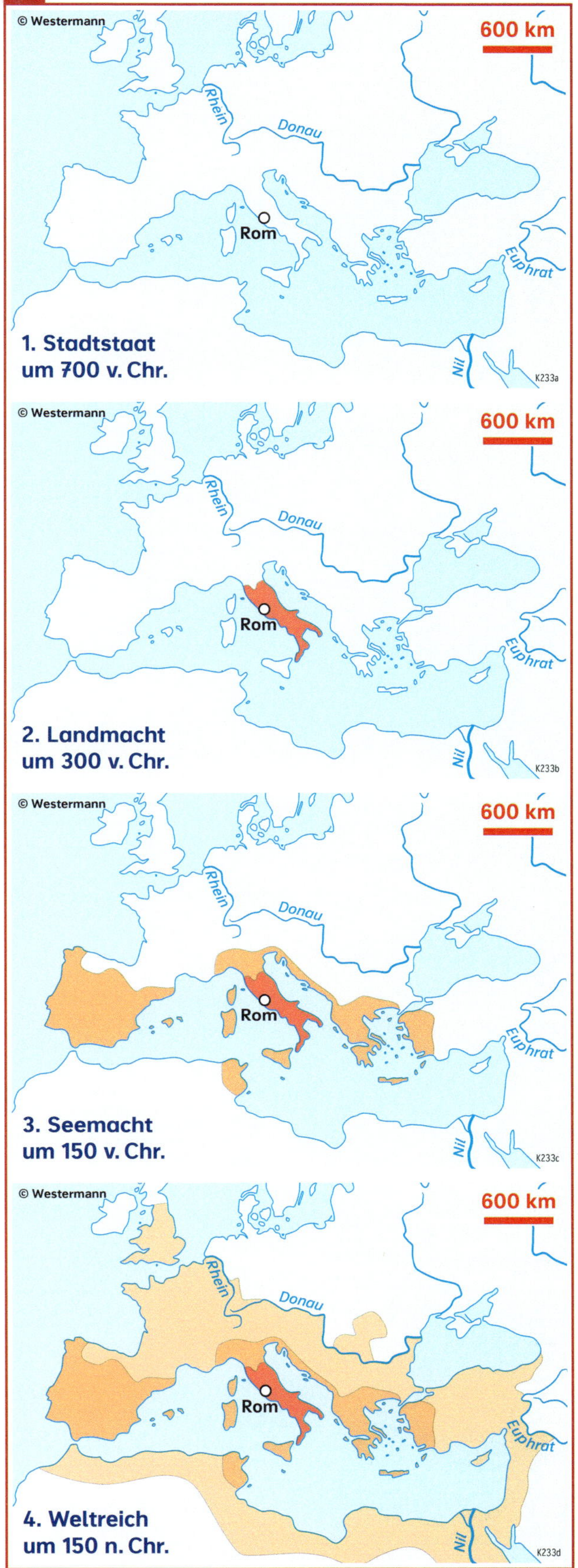

Eine Zeitleiste hilft dir, wichtige Ereignisse zeitlich einzuordnen.

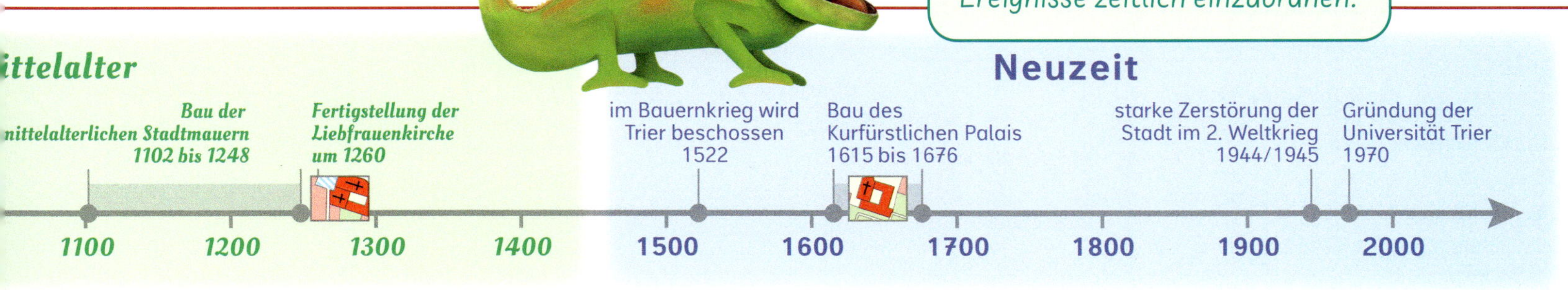

Der Pfälzerwald und seine Umgebung

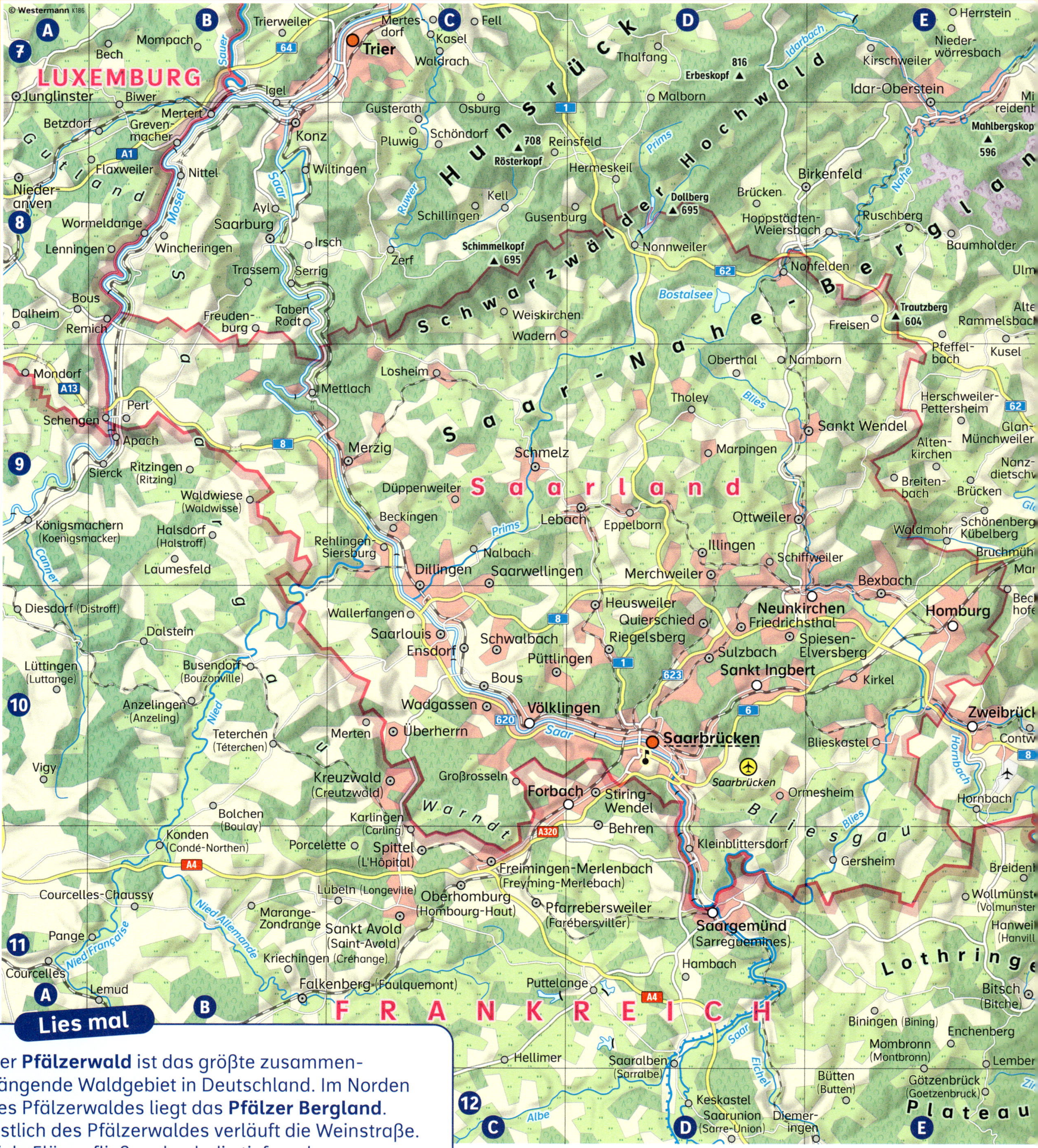

Lies mal

Der **Pfälzerwald** ist das größte zusammenhängende Waldgebiet in Deutschland. Im Norden des Pfälzerwaldes liegt das **Pfälzer Bergland**. Östlich des Pfälzerwaldes verläuft die Weinstraße. Viele Flüsse fließen durch die tiefergelegene **Pfälzische Rheinebene** und münden in den Rhein.

Landschaften und Flächennutzung

- Wald
- Wiese, Weide
- Heide
- Landwirtschaft
- ▲ 816 Berg mit Höhenangabe in Meter
- Haardt Name eines Gebirges oder Höhenzuges
- Wasgau Name einer Landschaft

Gewässer

- Fluss mit Schleuse
- Kanal
- See
- Stausee mit Staumauer
- Nahe Name eines Gewässers

Orte (Größe in Einwohner)

- über 100 000
- 20 000 bis 100 000
- 5 000 bis 20 000
- unter 5 000
- Siedlungsfläche

Bauwerke

- Schloss, Burg, Ruine
- wichtige Kirche, wichtiges Kloster
- Trifels Name eines Bauwerks

Tourismus

- Verlauf der Deutschen Weinstraße

Verkehr

Eisenbahn
- Hauptstrecke
- Nebenstrecke
- Eisenbahntunnel

Straßen
- Autobahn mit Nummer
- Fernstraße
- sonstige Straße
- Straßentunnel
- Straße im Bau

Flugverkehr
- Flughafen
- Flugplatz

Schiffsverkehr
- schiffbarer Fluss
- schiffbarer Kanal

Grenzen
- Staatsgrenze
- Landesgrenze

Verwaltung
Saarbrücken Landeshauptstadt

Flussbegradigung am Rhein

1 Rheinlauf um 1850

Der Rheinlauf vor der Begradigung

Landschaften der Rheinebene

- Fluss
- Altwasserarm
- Kiesbank
- Auenwald (sumpfig, feucht)
- Wiese
- Damm (Hochufer)
- • 52 Landhöhe (in Meter)
- Mischwald
- Ackerland

Siedlung

- Wohngebiet

Verkehr

- Eisenbahn mit Bahnhof
- Hauptverkehrsstraße
- sonstige Straße

1 km in der Natur

0 1 2 cm

Maßstab 1:100 000

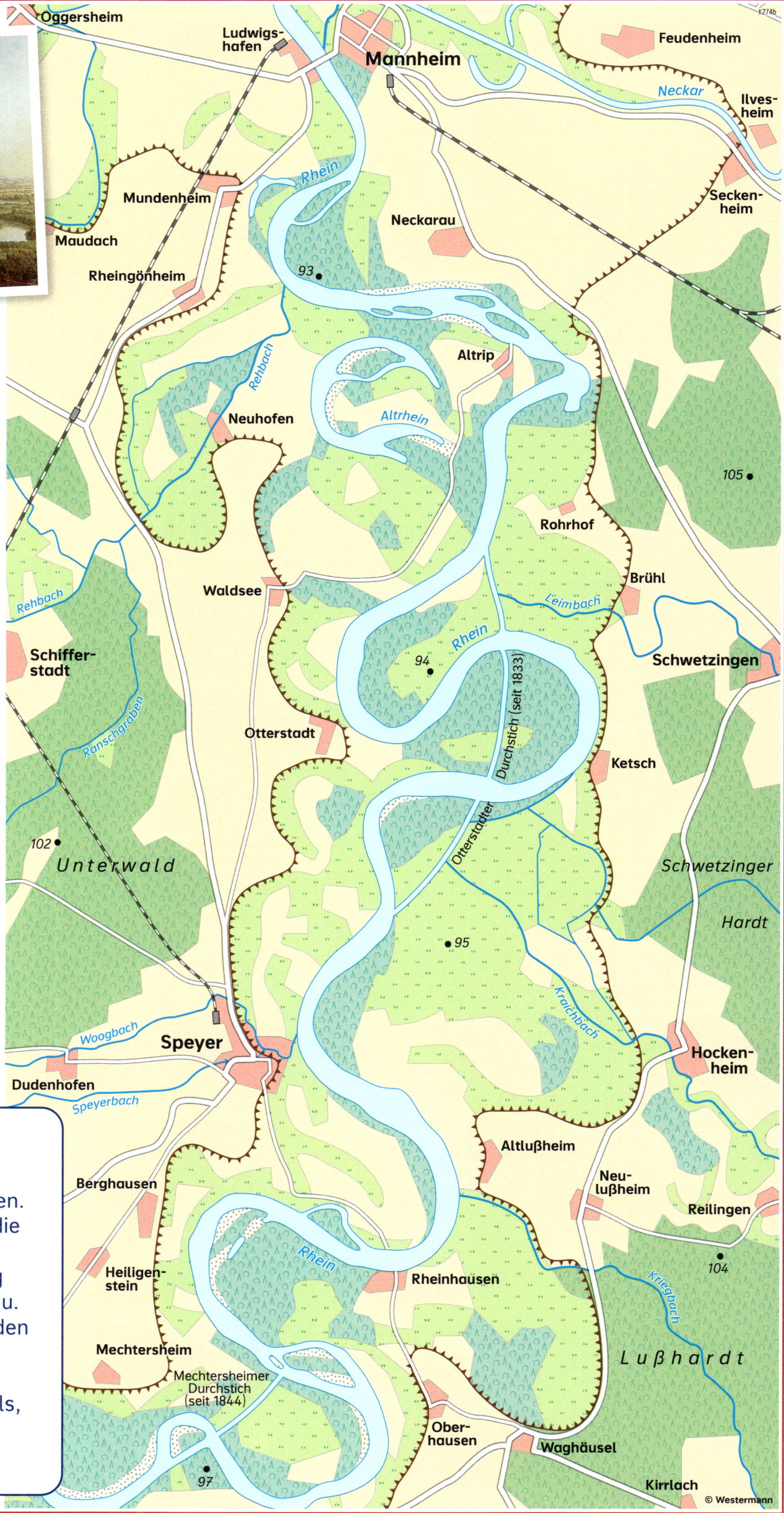

Lies mal

Die Menschen am **Rhein** lebten vom Fluss und fürchteten ihn. Ab 1817 begann man den Rhein zu begradigen. Ein künstliches Flussbett verkürzte die Länge des Stroms. Die Schifffahrt wurde erleichtert. Die Trockenlegung von Sumpfland ermöglichte Ackerbau. Dämme und Ausgleichsflächen wurden als Hochwasserschutz angelegt.
Die Kehrseite war eine unerwartete Absenkung des Grundwasserspiegels, wodurch Bäume und Pflanzen verdorrten.

2 Rheinlauf heute

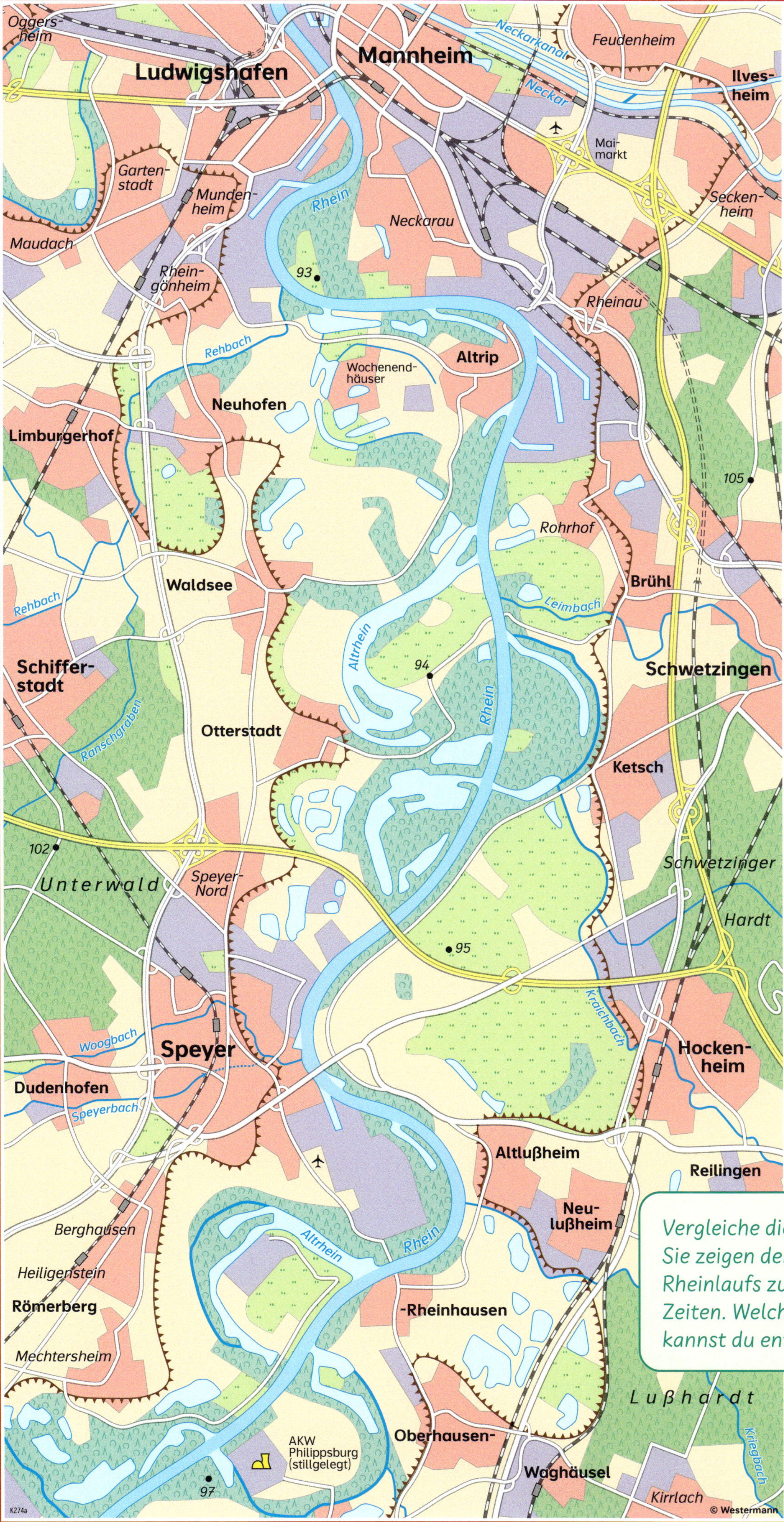

Der Rheinlauf heute

Landschaften der Rheinebene
- Fluss mit Altwasserarm
- Hafenbecken
- Baggersee
- Auenwald (sumpfig, feucht)
- Wiese
- Damm (Hochufer)
- • 52 Landhöhe (in Meter)
- Mischwald
- Ackerland

Siedlung
- Wohngebiet
- Industrie, Gewerbe
- Atomkraftwerk (stillgelegt)

Verkehr
- Eisenbahn mit Bahnhof
- Eisenbahntunnel
- Autobahn
- Schnellstraße
- Hauptverkehrsstraße
- sonstige Straße
- Flugplatz

1 km in der Natur
0 1 2 cm
Maßstab 1 : 100 000

Vergleiche die beiden Karten. Sie zeigen den gleichen Teil des Rheinlaufs zu unterschiedlichen Zeiten. Welche Veränderungen kannst du entdecken?

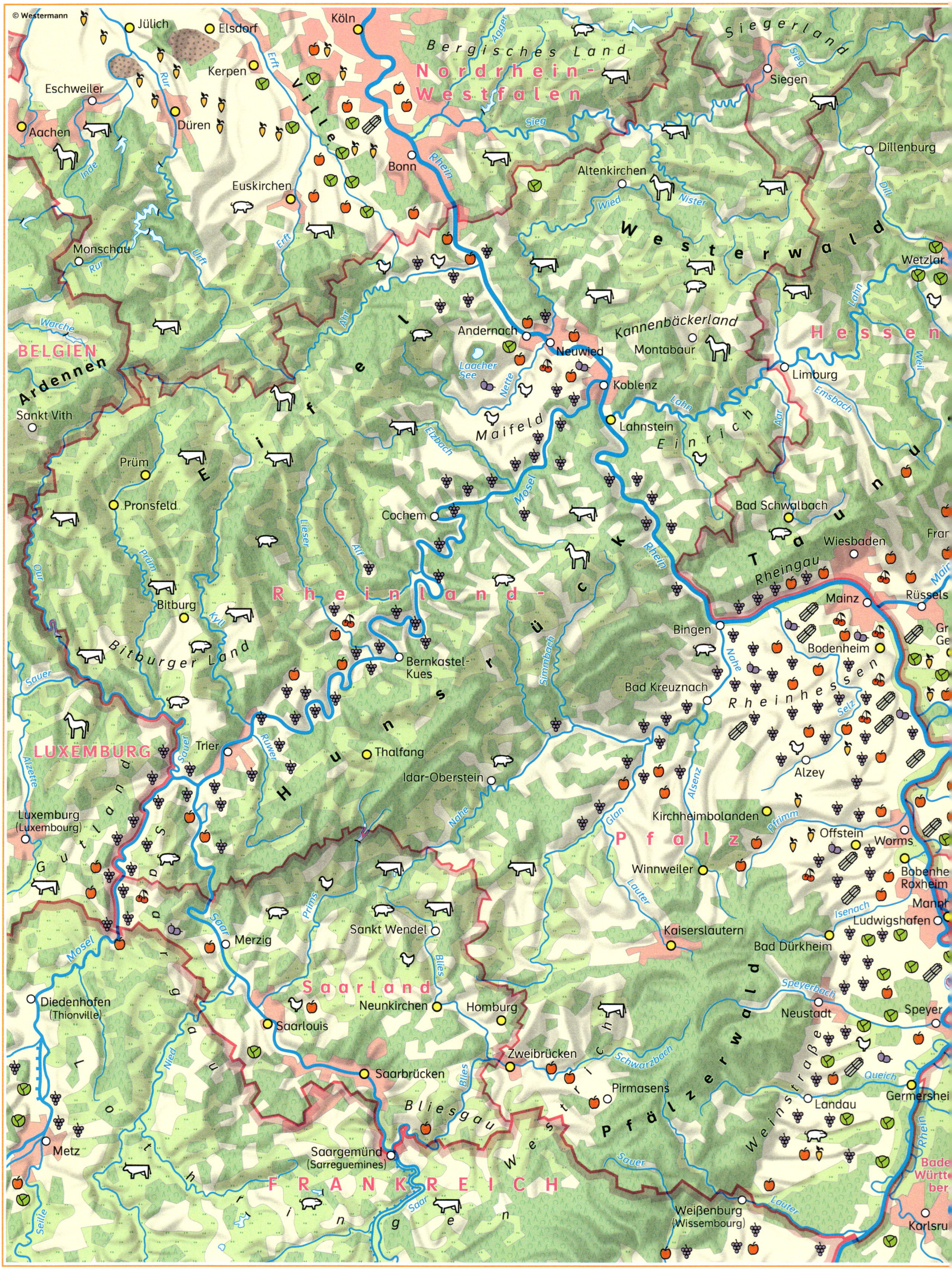
© Westermann
Jülich
Elsdorf
Köln
Bergisches Land
Nordrhein-Westfalen
Siegerland
Siegen
Kerpen
Eschweiler
Aachen
Düren
Ville
Bonn
Dillenburg
Altenkirchen
Euskirchen
Westerwald
Monschau
Wetzlar
Andernach
Kannenbäckerland
Neuwied
Montabaur
Hessen
BELGIEN
Ardennen
Laacher See
Koblenz
Limburg
Sankt Vith
Maifeld
Lahnstein
Einrich
Prüm
Eifel
Taunus
Pronsfeld
Cochem
Bad Schwalbach
Wiesbaden
Rheingau
Rheinland-Pfalz
Mainz
Bitburg
Bingen
Bodenheim
Bitburger Land
Bernkastel-Kues
Hunsrück
Bad Kreuznach
Rheinhessen
LUXEMBURG
Trier
Thalfang
Alzey
Idar-Oberstein
Luxemburg (Luxembourg)
Gutland
Kirchheimbolanden
Pfalz
Offstein
Worms
Winnweiler
Saargau
Sankt Wendel
Merzig
Kaiserslautern
Ludwigshafen
Bad Dürkheim
Saarland
Diedenhofen (Thionville)
Neunkirchen
Homburg
Saarlouis
Neustadt
Speyer
Zweibrücken
Saarbrücken
Pirmasens
Landau
Germersheim
Lothringen
Bliesgau
Westrich
Pfälzerwald
Weinstraße
Metz
Saargemünd (Sarreguemines)
FRANKREICH
Weißenburg (Wissembourg)
Wasgen
Rhein
Mosel
Saar
Nahe
Lahn
Sieg
Ahr
Erft
Rur
Inde
Our
Sauer
Prims
Blies
Glan
Alsenz
Sieg
Wied
Nister
Dill
Lauter
Queich

…erfläche und Anbauprodukte
- Anbaufläche für Getreide
- Anbau von Zuckerrüben

…st
- Wein
- Äpfel, Birnen
- Kirschen
- Zwetschgen

…müse
- Salat, Kohl, Zwiebeln, Karotten
- Spargel

…hhaltung
- Wiese, Weide
- Rinder
- Schweine
- Hühner
- Pferde

…stwirtschaft
- Wald

…e
- Siedlungsfläche
- Ort mit Verarbeitung landwirtschaftlicher Produkte
- sonstiger Ort

…nstige Flächennutzung
- Braunkohletagebau

…wässer
- Fluss
- Kanal
- See
- Stausee mit Staumauer
- *Rhein* Name eines Gewässers

…ndschaften
- Eifel Name eines Gebirges oder Höhenzuges
- *Einrich* Name einer Landschaft

…enzen
- Staatsgrenze
- Landesgrenze

…rwaltung
- …ELGIEN Name eines Staates
- …Hessen Name eines Bundeslandes

8 km in der Natur
0 1 2 cm
Maßstab 1:800 000

Lies mal

Wälder, Wiesen, Felder, Flüsse und Seen bieten Tieren und Pflanzen einen Lebensraum. Menschen nutzen die Landschaft für Siedlungen, Verkehrswege und **Landwirtschaft**.
Nicht alle Landschaften eignen sich als **Ackerland**.
Auf Feldern werden Getreide oder Zuckerrüben angebaut.
Sonnige Hänge werden für den **Weinanbau** genutzt.
Auf Wiesen wird Heu geerntet. Auf Weiden können Tiere grasen. Sie bieten gute Bedingungen für die **Viehhaltung**.

Fototour

Finde zu den Fotos der Landwirtschaft einen passenden Ort oder eine Landschaft in der Karte.

Forstwirtschaft

Blühende Kirschbäume

Weinlese

Spargelernte

Salaternte

Getreideanbau

Viehhaltung

Landschaften nutzen und schützen

Lies mal

Rheinland-Pfalz bietet zahlreiche lohnende Ausflugsziele und **Sehenswürdigkeiten**. Viele Orte sind wegen ihres schönen Stadtbildes weltbekannt.
Landwirtschaft und **Tourismus** greifen in die Natur ein. Um selten gewordene Tier- und Pflanzenarten zu erhalten, wurden **Schutzgebiete** eingerichtet. In Nationalparks und Naturparks können sich die Menschen erholen und die Natur genießen.

Fototour

Freilichtmuseum in Bad Sobernheim

Hängeseilbrücke Geierlay im Hunsrück

Speyer

Schieferlandschaft im Naturpark Rhein-Westerwald

Tourismusorte

- Heilbad (Kurort)
- Kneippkurort, Luftkurort, Erholungsort
- schönes Stadtbild
- Großstadt mit mehr als 500 000 Übernachtungen pro Jahr

Ausflugsziele

- Burg, Schloss
- Kirche, Kloster
- Museum
- Denkmal, Baudenkmal
- Stadion
- Freizeitpark, Erlebnispark
- Tierpark, Zoo
- Weltkulturerbe
- *Nürburg* – Name eines Ausflugsziels

Erholung und Naturschutz

- Nationalpark
- Naturpark
- Biosphärenreservat
- Nassau – Name eines Parks
- Höhle
- *Loreley* – Natursehenswürdigkeit
- Eifel – Name eines Gebirges oder Höhenzuges
- *Rhein* – Name eines Gewässers

Verkehr

Eisenbahn

- Hauptstrecke
- Eisenbahntunnel

Straßen

- Autobahn
- Fernstraße
- sonstige Straße
- Autobahntunnel

Schiffsverkehr

- schiffbarer Fluss
- schiffbarer Kanal

Grenzen

- Staatsgrenze
- Landesgrenze

8 km in der Natur
0 1 2 cm
Maßstab 1:800 000

Zeige mir die Ausflugsziele in der Nähe deines Wohnorts, die du schon kennst. Welche möchtest du gern besuchen?

© Westermann
Kölner Dom
Köln
Römisch-Germanisches Museum
Schlösser Augustusburg und Falkenlust
Phantasialand
Nordrhein-Westfalen
Rheinland
Bonn
Museumsmeile
Drachenfels
Siebengebirge
Wiehler Tropfsteinhöhle
Bergisches Land
Siegen
Siegerlandmuseum
Sauerland-Rothaargebirge
Bad Laasphe
Elisabethkirche
Marburg
Schloss
Lahn-Dill-Bergland
Bad Endbach
Marienstatt
Hachenburg
Landschaftsmuseum Westerwald
Westerwald
Burg Greifenstein
Dom
Wetzlar
Kloster Arnsburg
Nationalpark Eifel
Mechernich
Bad Münstereifel
Schleiden-Gemünd
Bad Neuenahr-Ahrweiler
Rhein-Westerwald
Weilburg
Braunfels
Kristallhöhle
Münzenberg
Geysir Andernach
Neuwied
Engers
Montabaur
Vallendar
Laacher See
Maria Laach
Adenau
Nürburg
Schloss Bürresheim
Deutsches Eck
Koblenz
Europäische Bäder
Nassau
Bad Ems
Dom
Limburg
Runkel
Hessen
Taunus
Bad Nauheim
Nürburgring
Mayen
Wasserfall Dreimühlen
UNESCO Geopark
Kasselburg
Vulkaneifel
Schloss Stolzenfels
Lahnstein
Marksburg
Arnstein
Bad Camberg
Hessenpark
Limes und Saalburg
Eifel-Vulkanmuseum
Daun
Münstermaifeld
Burg Eltz
Boppard-Bad Salzig
Sterrenberg
Rhein-Taunus
Bad Schwalbach
Bad Homburg
Königstein
Bad Soden
Opel-Zoo
Dauner Maare
Cochem
Beilstein
Manderscheider Burgen
Manderscheid
Maarmuseum
Mittelrheintal
Loreley
Pfalzgrafenstein
Taunus-Wunderland
Wiesbaden
Frankfurt
Schlangenbad
Eberbach
Himmerod
Bad Bertrich
Moseltal
Hängebrücke Geierlay
Niederwald-Denkmal
Rüdesheim
Gutenberg-Museum
Mainz
Eifelpark
Traben-Trarbach-Bad Wildstein
Mäuseturm
Bingen
SchUM-Städte
Rheinland-Pfalz
Kloster Ravengiersburg
Hunsrück
Bernkastel-Kues
Soonwald-Nahe
Bad Kreuznach
Mathildenhöhe
Darmstadt
Vivarium
Oppenheim
Freilichtmuseum
Nahetal
Herrstein
Bad Sobernheim
Bad Münster am Stein-Ebernburg
Trier
Porta Nigra
Rheinisches Landesmuseum
Edelsteinmuseum
Felsenkirche
Bergstraße-Odenwald
Auerbacher Schloss
Konz
Roscheider Hof
Nationalpark Hunsrück-Hochwald
Idar-Oberstein
Pfalz
Worms
Kloster Lorsch
SchUM-Städte
Dom
Saarburg
Saar-Hunsrück
Burg Lichtenberg
Montclair
Weiskirchen
Saarschleife
Merzig
Kaiserslautern
Hardenburg
Bad Dürkheim
Mannheim
Heidelberg
Kurpfalzpark
Ottweiler
Neustadt
Holiday-Park
Schwetzingen
Speyer
Saarland
Neunkirchen
Hambacher Schloss
SchUM-Städte
Hockenheimring
Pfälzerwald
Dom
Sea Life
Villa Ludwigshöhe
Technik-museum
Bad Schönborn
Völklinger Hütte
Saarbrücken
Zweibrücken
Teufelstisch
Blieskastel
Bliesgau
Dynamikum
Pirmasens
Burg Trifels
Landau
Baden-Württemberg
Reinheim
Archäologischer Park
Bad Bergzabern
Bruchsal
FRANKREICH
Schloss
Wasigenstein
Fleckenstein
Weißenburg (Wissembourg)
Kunsthalle
Karlsruhe
Nordvogesen
Rhein
Mosel
Lahn
Main
Nahe
Saar
Sieg
Neckar

30 Mit dem Wegeplan im Zoo

Fototour

Eingang Zoo

Lies mal

Hier siehst du einen **Wegeplan**. Er hilft dir, dich im Zoo zurechtzufinden. Die Tiergehege und Tierhäuser sind mit Zahlen und farbigen Kreisen gekennzeichnet. Welche Tiere sich hinter diesen Zahlen verbergen, siehst du auf der unteren Zeichnung. Auch die Farben der Kreise haben eine Bedeutung. Schau dir die Weltkarte an. Dort findest du die Lösung.
Die Lage von Spielplatz, Kiosk und anderen Einrichtungen ist mit besonderen Zeichen dargestellt. Diese Zeichen heißen **Signaturen**.

7 Flamingos

2 Dromedar

1 Gepard

Komm mit, wir bereisen mehrere Kontinente an einem Tag. Plane dazu eine Route durch den Zoo, um die Tiere auf den Fotos zu besuchen. Wir starten am Haupteingang und enden am Spielplatz.

2 Die Kontinente

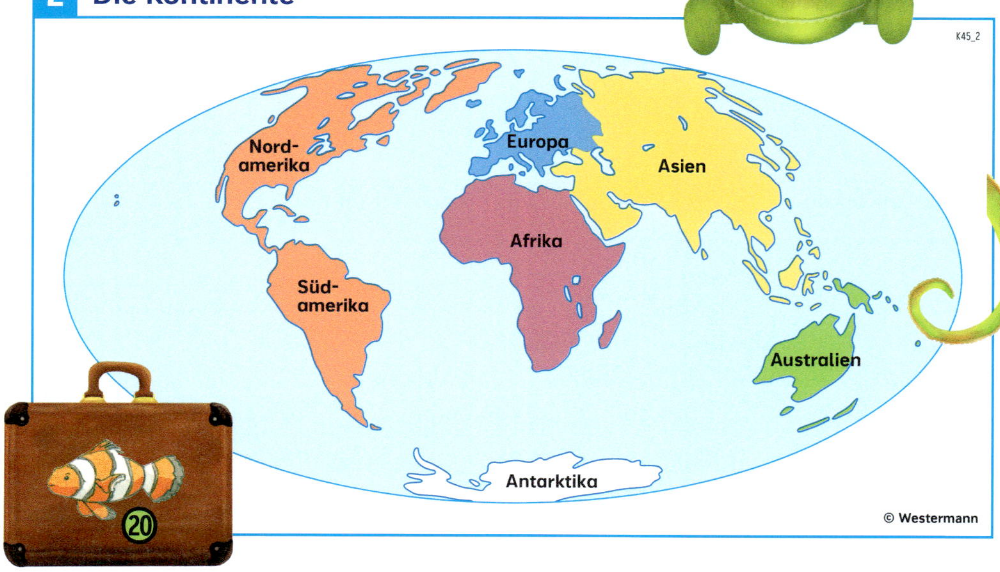

Spielplatz

1 Zoo Landau in der Pfalz

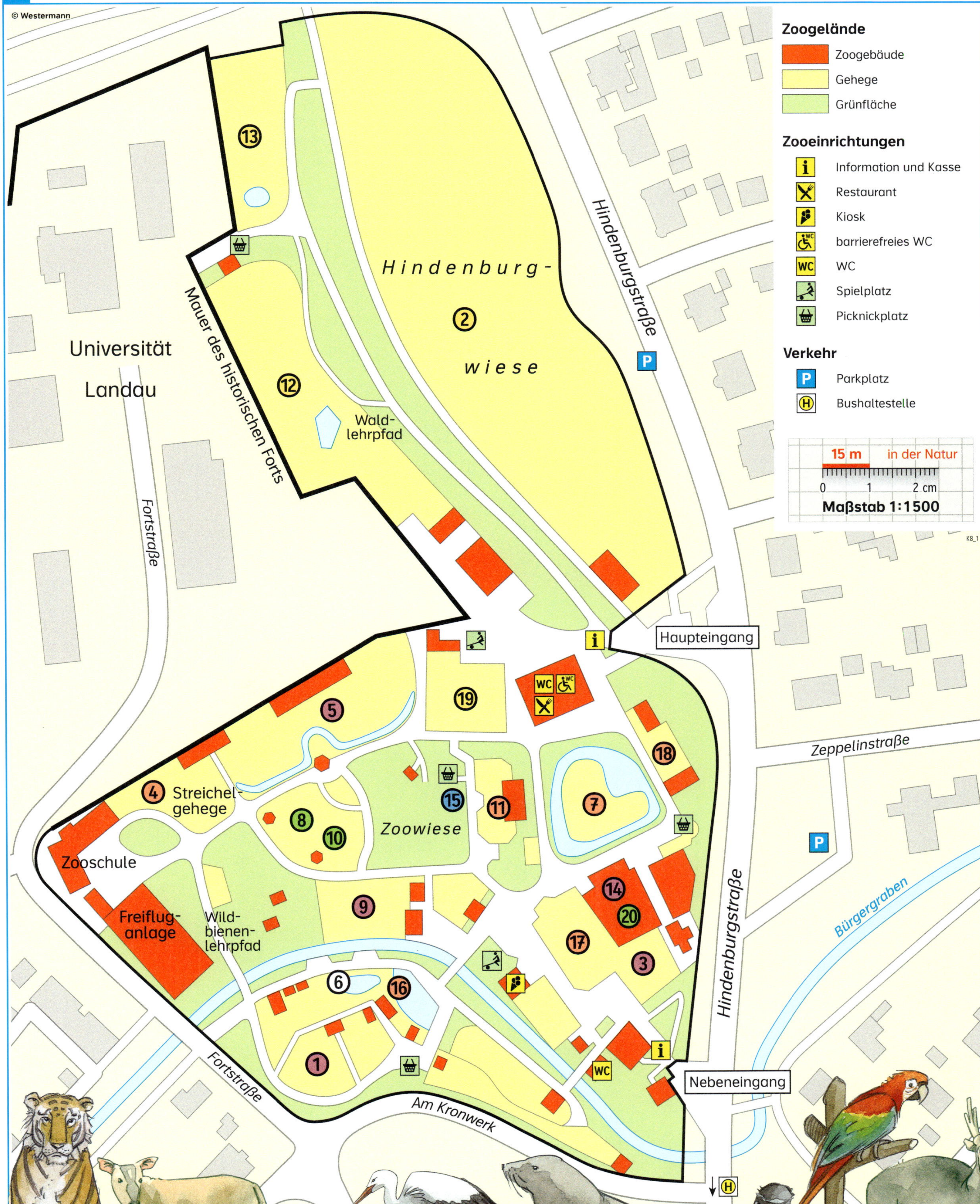

Wirtschaft und Arbeit

ustrie

- Eisen- und Metallverarbeitung
- Maschinenbau
- Kraftfahrzeugbau
- Flugzeugbau
- Elektrotechnik, Elektronik
- Feinmechanik, Optik, Uhren
- Schmuck
- Chemie, Kunststoffe
- Gummi
- Steine, Baustoffe
- Glas
- Porzellan, Keramik
- Textilien, Bekleidung
- Lederwaren
- Holz, Möbel
- Zellulose, Papier
- Druckgewerbe
- Nahrungs- und Genussmittel

enstleistungen
s sind Berufe, in denen Dienste für andere nschen oder Unternehmen erbracht werden. n Beispiel: Beschäftigte im Supermarkt, eschäften oder Banken, bei der Post, Krankenhaus, in Handwerksbetrieben, potheken, an Schulen und in Büros. Je mehr nstleistungen sich in einer Stadt befinden, to größer ist die Bedeutung dieses Ortes.)

- sehr viele Dienstleistungen (Oberzentrum)
- viele Dienstleistungen (Mittelzentrum)
- Ferien- und Erholungsort (Tourismus)

rkehr

enbahn
- Hauptstrecke
- Eisenbahntunnel

aßen
- 61 Autobahn mit Nummer
- Fernstraße
- sonstige Straße
- Autobahntunnel

gverkehr
- Flughafen

hiffsverkehr
- schiffbarer Fluss
- schiffbarer Kanal

enzen
- Staatsgrenze
- Landesgrenze

8 km in der Natur
0 1 2 cm
Maßstab 1:800 000

Lies mal

Obwohl die Landwirtschaft in Rheinland-Pfalz sehr wichtig ist, gibt es nur wenige Beschäftigte in diesem Bereich. Die meisten Erwachsenen erbringen in ihrem Beruf **Dienstleistungen** oder arbeiten in der **Industrie**. Bedeutende Zweige der Industrie in Rheinland-Pfalz sind die Chemie- und Pharmaindustrie, der Fahrzeug- und Maschinenbau und die Herstellung von Nahrungs- und Genussmitteln. Ein wichtiger Wirtschaftsfaktor im Bereich der Dienstleistungen ist der **Tourismus**. Für die Erreichbarkeit von Orten und den Transport von Gütern ist ein gut ausgebautes **Verkehrsnetz** wichtig.

Die Landwirtschaft ist auch Teil der Wirtschaft. Siehe dazu die Seiten 26/27.

Fototour

Professor an der Universität

Serviceberater im Callcenter (Dienstleistungen)

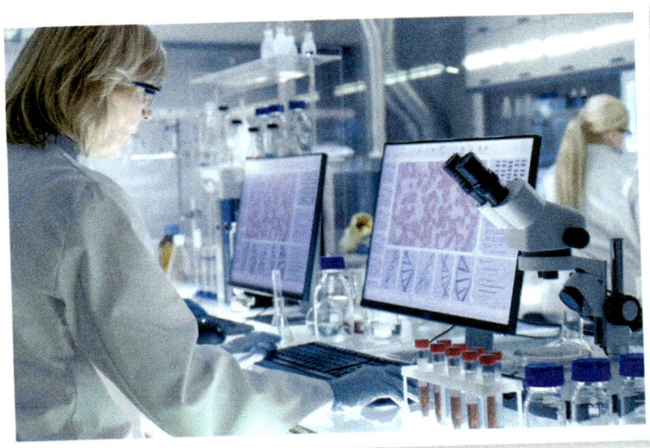

Chemikerin in der Pharmaindustrie

Wasserabfüllung (Nahrungsmittelindustrie)

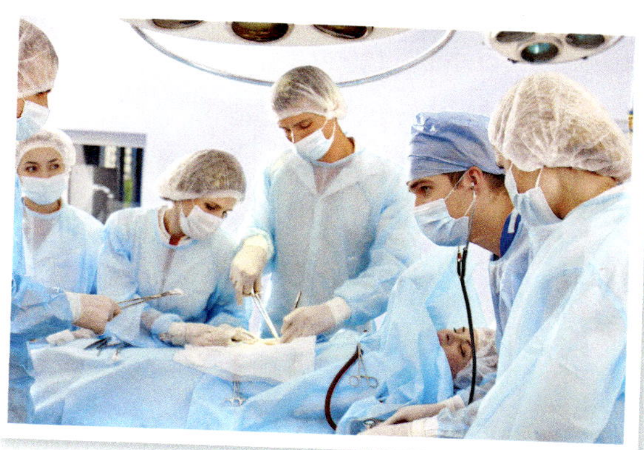

Im Operationssaal (Dienstleistungen)

Maschinenschlosserin in der Metallverarbeitung

Landeshauptstadt Mainz

1 Mainz – Stadtgebiet

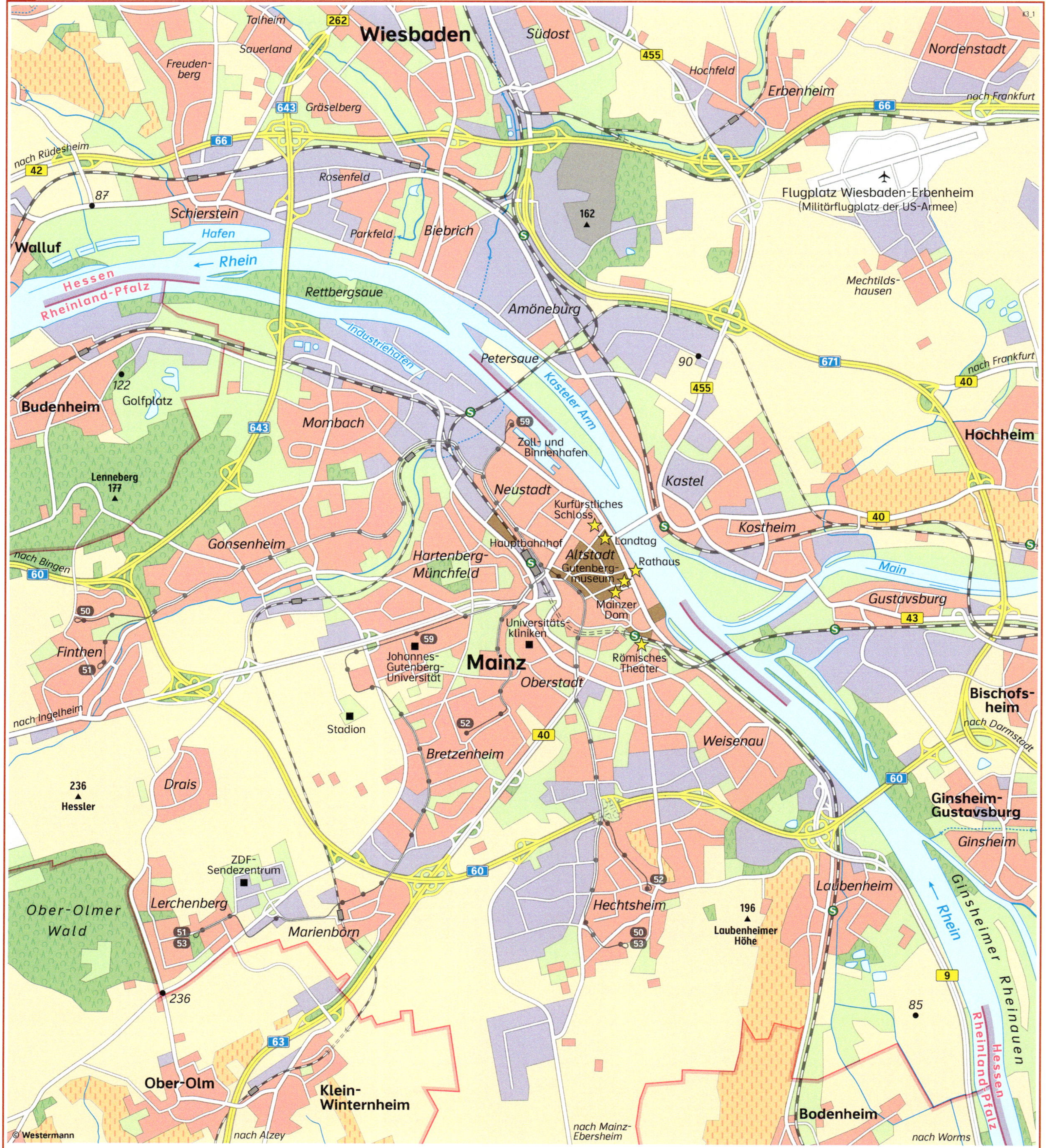

Wohnen

- Wohngebiet

Arbeit und Versorgung

- Innenstadt (Einkaufen, Dienstleistungen)
- Industrie- und Gewerbegebiet, Eisenbahngelände
- Ackerbau (Landwirtschaft)
- Weinanbau (Landwirtschaft)

Erholung

- Park, Garten, Grünfläche
- Wald
- Sehenswürdigkeit

Entsorgung

- Mülldeponie

Mobilität (Verkehr)

- Eisenbahn mit Bahnhof
- S-Bahnhof
- Straßenbahn mit Haltestelle und Nummer
- Autobahn
- Straße
- Autobahn-Nummer
- Bundesstraßen-Nummer

Grenzen

- Landesgrenze
- Stadtgrenze von Mainz

650 m in der Natur

0 1 2 cm

Maßstab 1 : 65 000

2 Liniennetz der Straßenbahn

Ich möchte mit der Straßenbahn von der Haltestelle Römersteine bis zum ZDF-Sendezentrum auf dem Lerchenberg fahren. Welche Linien muss ich nehmen?

Lies mal

Mainz ist die **Landeshauptstadt** von Rheinland-Pfalz. Mit über 200 000 Einwohnern ist Mainz zugleich die größte Stadt des Bundeslandes. Jede größere Stadt hat verschiedene Stadtviertel. In der Innenstadt gibt es viele Geschäfte zum Einkaufen. Die umliegenden Stadtviertel sind überwiegend Wohngebiete. Parks und Grünflächen dienen der Erholung. Am Stadtrand finden sich Gewerbe- und Industriegebiete. Jeder kann mit dem Fahrrad, Auto oder mit öffentlichen Verkehrsmitteln sein Ziel erreichen.

Fototour

Fußgängerzone in der Innenstadt

Wohnviertel mit Blick auf den Eisenturm

Straßenbahn am Vorplatz des Hauptbahnhofs

Industriehafen

Das Bundesland Rheinland-Pfalz

Das Wappen von Rheinland-Pfalz

Lies mal

Rheinland-Pfalz ist eines von 16 Bundesländern der Bundesrepublik Deutschland. Jedes **Bundesland** hat eine **Landeshauptstadt**, in der sich die Abgeordneten des Landtages versammeln und die Landesregierung ihren Sitz hat. Rheinland-Pfalz ist durch **Kreisgrenzen** in **kreisfreie Städte** und **Landkreise** gegliedert. Jeder Landkreis hat eine Kreisstadt, in der sich die Kreisverwaltung befindet. Dort muss man zum Beispiel sein Auto anmelden und erhält dann ein Autokennzeichen.

Grenzen

- Staatsgrenze
- Landesgrenze

Verwaltung

- ■ Hauptstadt eines Staates
- ● Landeshauptstadt

35 km in der Natur
0 1 2 cm
Maßstab 1 : 3 500 000

Gebiete, die sich unterscheiden, werden durch Grenzen getrennt. Trennt eine Grenze zwei Staaten, so nennt man sie Staatsgrenze.

Landschaften in Deutschland

Lies mal

Deutschlands Landschaften gliedern sich von Norden nach Süden in **Tiefland** (0 bis 200 m), **Mittelgebirge** (200 bis 1500 m) und **Hochgebirge** (über 1500 m). Lange Flüsse durchziehen Deutschland. Viele entspringen in den Mittelgebirgen, durchfließen das Tiefland und münden in die **Nordsee** oder die **Ostsee**. Kanäle verbinden die großen Flüsse. Man kann mit einem Schiff von Lübeck bis nach Passau fahren.

Fototour

Ostfriesische Inseln **A2–B2**

Rhein **A4–B4**

Spreewald **D3**

Benenne die Orte, Gebirge, Flüsse und Meere in der Übungskarte mithilfe der physischen Karte von Deutschland.

Thüringer Wald **C4**

Übungskarte: Deutschland

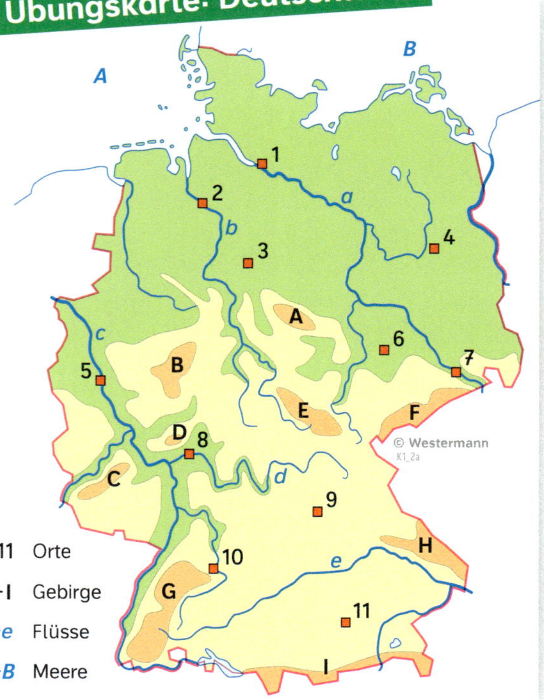

1–11 Orte
A–I Gebirge
a–e Flüsse
A–B Meere

Blick auf die Zugspitze **C6**

Landhöhen (in Meter)

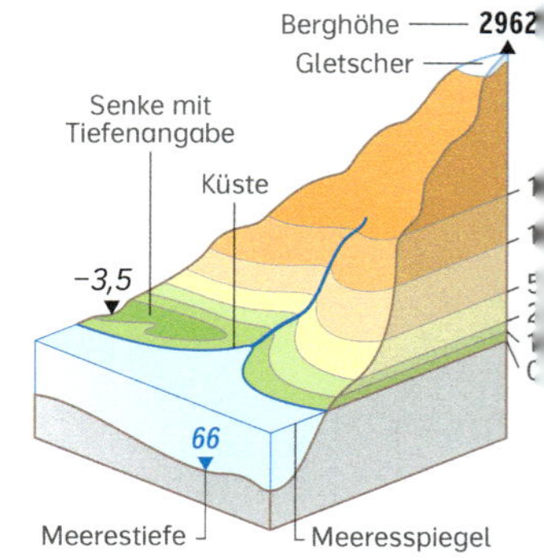

Landschaften

Eifel	Name eines Gebirge[s] oder Höhenzuges
Brocken	Name eines Berges
Lausitz	Name einer Landsch[aft] oder einer Insel

Gewässer

	Fluss
	Kanal
	See
	Stausee mit Stauma[uer]
Ostsee	Name eines Meeres oder eines Meereste[ils]
Donau	Name eines Flusses oder eines Sees

Orte (Größe in Einwohner)

	über 1 000 [000]
	500 000 bis 1 000 [000]
	100 000 bis 500 [000]
	unter 100 [000]

Grenzen

Staatsgrenze

Verwaltung

<u>Berlin</u>	Hauptstadt eines Sta[ates]
BELGIEN	Name eines Staates

Rekorde Deutschlands

- höchster Berg
- höchstes Mittelgebir[ge]
- größte Insel
- tiefste Landstelle
- längster Fluss (innerhalb Deutschla[nds])
- größter See
- größte Stadt

35 km in der Natur
0 1 2 cm
Maßstab 1 : 3 500 000

A
B
C
D
1
2
3
4
5
6
Nordsee
Ostsee
DÄNEMARK
SCHWEDEN
Trelleborg
Jütland
Odense
Fünen
Seeland
Møn
Bornholm
[Dänemark]
Lolland
Falster
Langeland
Fehmarn
Sylt
Nordfriesische Inseln
Nordfriesland
Flensburg
Deutsche Bucht
Helgoland
Heide
Kiel
Nord-Ostsee-Kanal
Neumünster
-3,5
Rügen
Pommersche Bucht
Stralsund
Usedom
Köslin
(Koszalin)
Rostock
Lübeck
Hamburg
Swinemünde
(Świnoujście)
Ostfriesische Inseln
Ostfriesland
Emden
Wilhelmshaven
Bremerhaven
Schwerin
Neubrandenburg
Stettin
(Szczecin)
Pommern
Mecklenburgische Seenplatte
Müritz
Groningen
Oldenburg
Bremen
Weser
Lüneburg
Lüneburger Heide
Elbe-Seitenkanal
Elbe
Wittenberge
Havel
Uckermark
Landsberg
(Gorzów Wielkopolski)
Warthe
Oder
IJsselmeer
Ems
Emsland
Altmark
Stendal
Berlin
Frankfurt
Potsdam
POLEN
Amsterdam
NIEDERLANDE
Utrecht
Mittellandkanal
Hannover
Osnabrück
Braunschweig
Magdeburg
Fläming
Spreewald
Spree
Grünberg
(Zielona Góra)
Nimwegen
(Nijmegen)
Rhein
Münster
Teutoburger Wald
Bielefeld
Münsterland
Weserbergland
1142
Brocken
Harz
Saale
Dessau-Roßlau
Cottbus
Lausitz
Lausitzer Neiße
Schlesien
Eindhoven
Essen
Dortmund
Lippe
Duisburg
Ruhr
Göttingen
DEUTSCHLAND
Halle
Mulde
Maas
Düsseldorf
Kahler Asten
841
Kassel
Fulda
Thüringer Becken
Leipzig
Görlitz
Dresden
Köln
Rothaargebirge
Hessisches Bergland
Eisenach
Erfurt
Jena
Chemnitz
Schneekoppe
1603
Aachen
Bonn
Siegen
Werra
Großer Beerberg
982
Zwickau
Reichenberg
(Liberec)
Sudeten
BELGIEN
Rheinisches Schiefergebirge
Westerwald
Gießen
Vogelsberg
Wasserkuppe
950
Rhön
Thüringer Wald
Bleilochstausee
Erzgebirge
Fichtelberg
1215
Ardennen
Koblenz
Eifel
Taunus
Eger
Moldau
Prag
(Praha)
Wiesbaden
Frankfurt
Main
Spessart
Fichtelgebirge
1051
Schneeberg
Karlsbad
(Karlovy Vary)
LUXEMBURG
Luxemburg
(Luxembourg)
Mosel
Mainz
Hunsrück
Trier
Würzburg
Bamberg
Oberpfälzer Wald
TSCHECHIEN
Odenwald
Pilsen
(Plzeň)
Böhmen
Saar
Mannheim
Main-Donau-Kanal
Nürnberg
Böhmerwald
Orlíkstausee
Lothringen
Saarbrücken
Pfälzerwald
Oberrheinisches Tiefland
Metz
Karlsruhe
Fränkische Alb
1456
Großer Arber
Bayerischer Wald
Budweis
(České Budějovice)
Regensburg
Nancy
Stuttgart
Donau
Straßburg
(Strasbourg)
Schwarzwald
Passau
Neckar
Schwäbische Alb
Ulm
Iller
Augsburg
Isar
Linz
Vogesen
Elsass
München
Lech
Alpenvorland
Inn
FRANKREICH
Großer Belchen
1424
Freiburg
1493
Feldberg
Chiemsee
Mülhausen
(Mulhouse)
Bodensee
Salzburg
Saône
Rhein
Konstanz
Garmisch-Partenkirchen
2962
Zugspitze
Hoher Dachstein
2995
ÖSTERREICH
Basel
Zürich
Doubs
Aare
Säntis
2502
LIECHTENSTEIN
Vaduz
Innsbruck
Mur
Graz
Besançon
Jura
Alpen
3798
Großglockner
Bern
Wildspitze
3768
SCHWEIZ
ITALIEN
Neuenburger See
Finsteraarhorn
4274
Drau
Klagenfurt

Landschaften in Europa

Übungskarte: Europa

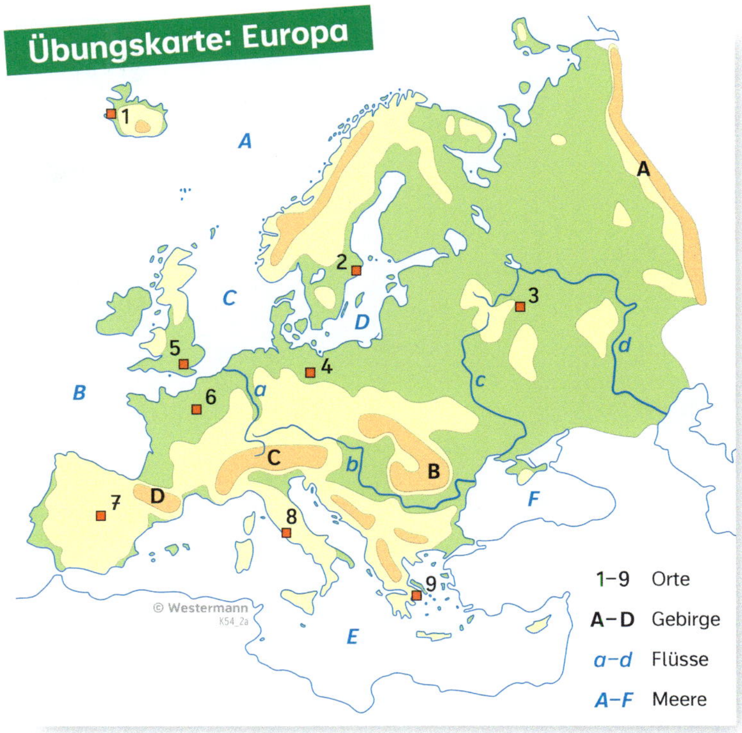

Lies mal

Europa ist einer der sieben **Kontinente** der Erde. Im Norden, Süden und Westen wird Europa durch Meere begrenzt. Im Osten reicht Europa bis zum Uralgebirge. Der Mont Blanc ist der höchste Berg Europas. Der längste Fluss Europas ist die Wolga.

Fototour

Die Wolga **D2**

Der Ätna auf Sizilien **C4**

Der Gipfel des Mont Blanc **B3**

Lerne Rekorde Europas kennen. In der Karte sind sie mit Signaturen markiert.

Europa – Vielfalt und Gemeinschaft

1 Staaten in Europa

Flaggen europäischer Staaten

2 Die Europäische Union

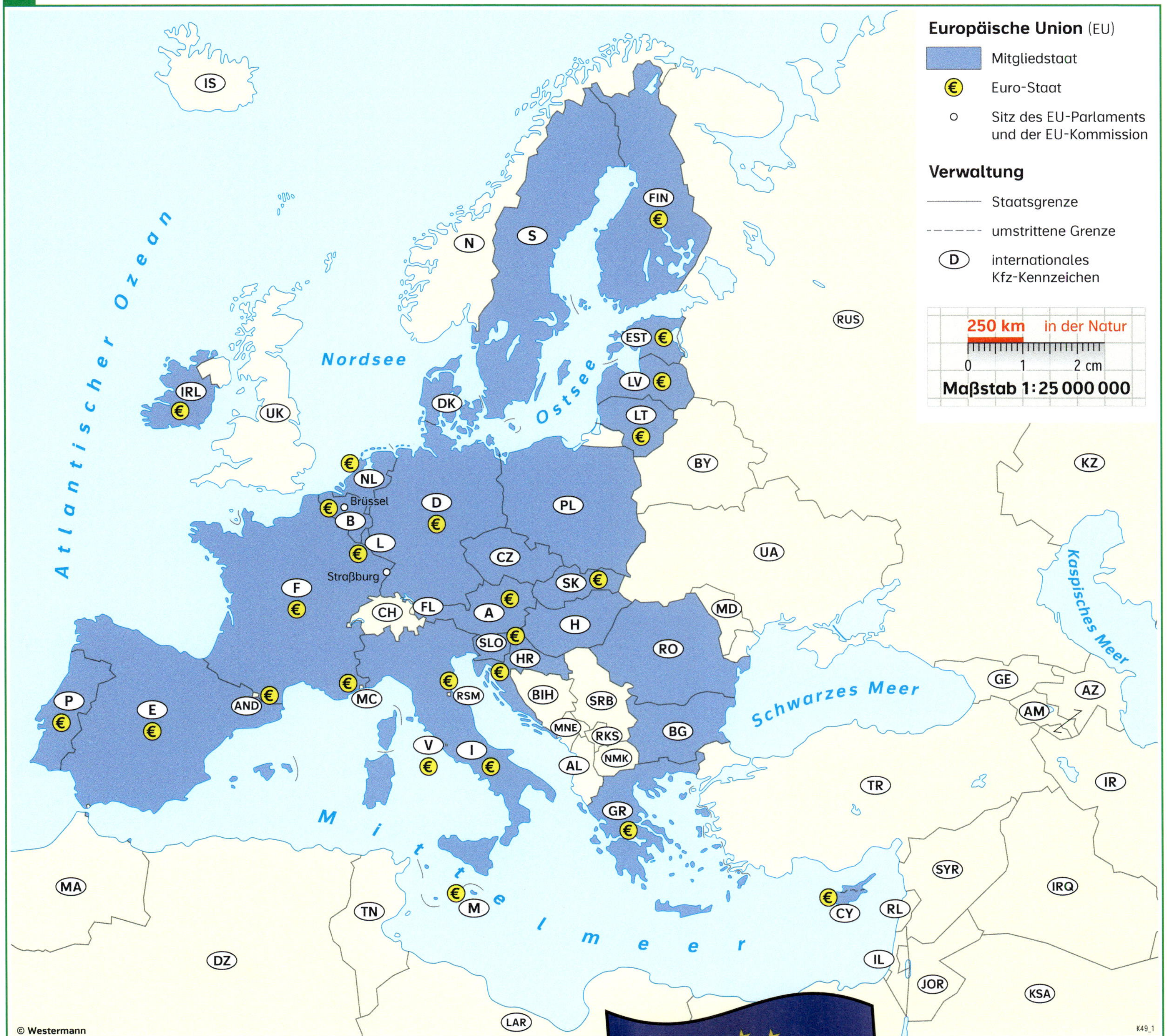

Europäische Union

Welche Staaten sind Mitglied der Europäischen Union? Erstelle eine Liste.

Lies mal

Die Bundesrepublik Deutschland ist ein Staat in Europa. In Europa gibt es über 40 Staaten. Jeder Staat hat eine Hauptstadt. Russland und die Türkei erstrecken sich über zwei Kontinente. Mehrere Staaten Europas haben sich zur **Europäischen Union** zusammengeschlossen. In vielen Staaten kann man mit einer einheitlichen Währung bezahlen: dem **Euro (€)**.

Staaten der Erde

Deutschland und die Staaten Europas zeigt eine andere Karte genauer. Schau doch mal auf die Seiten 42/43.

Lies mal

Auf der Erde gibt es fast 200 **Staaten**. Sie sind ganz unterschiedlich auf die einzelnen Kontinente verteilt.

Die Erde als Lebensraum

Fototour

Inuit in Grönland

Himalaya-Hochgebirge

Karawane in der Sahara

Lies mal

Viel größer als die **Landflächen** sind die **Wasserflächen**. Sie bestehen überwiegend aus **Salzwasser**. Nur ein winziger Teil des Wassers auf der Erde ist **Süßwasser**.
Auf dem Festland siedeln die meisten **Menschen** dort, wo es nicht zu heiß und nicht zu kalt ist. **Tiere** gibt es fast überall. Jede Tierart braucht aber einen geeigneten **Lebensraum**, in dem sie sich wohlfühlt.

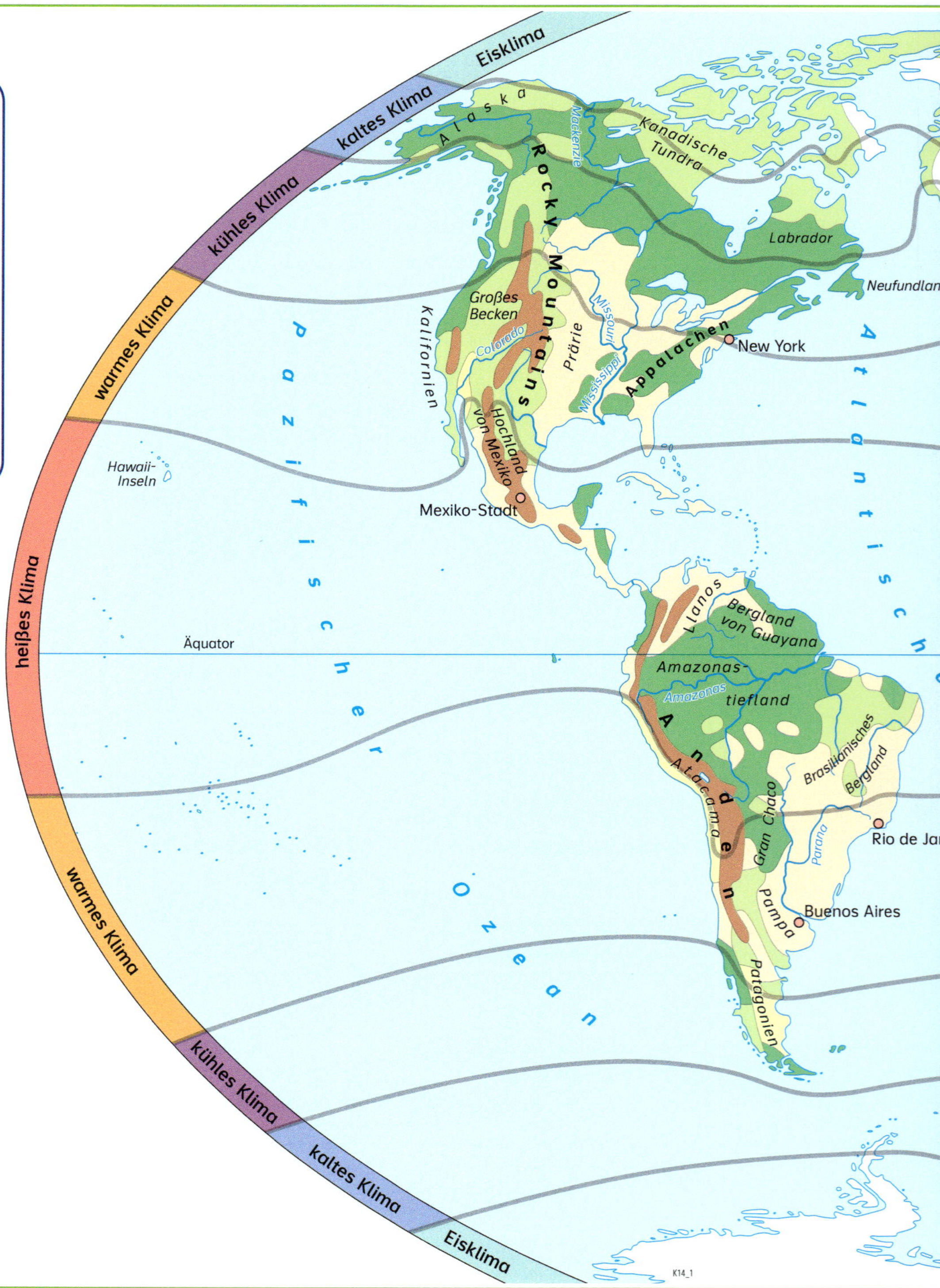

Lebensraum

- Meere und Seen
- Eis
- Hochgebirge
- Wüste, Halbwüste
- Grasland (Savanne, Steppe, Tundra)
- Wald
- Kulturland (zum Beispiel für Weizen, Mais, Reis)
- sehr große Stadt

Grenzen

- Grenze der Klimate

Maßstab 1:100 000 000

Die Aufteilung der Erde in Meer und Festland

1 Kästchen entspricht
1 Million Quadratkilometer

1000 km
1000 km

Meere (Salzwasser)

Regenwald in Sumatra

Reisanbau in Südchina

Meeresbewohner Schwertwal

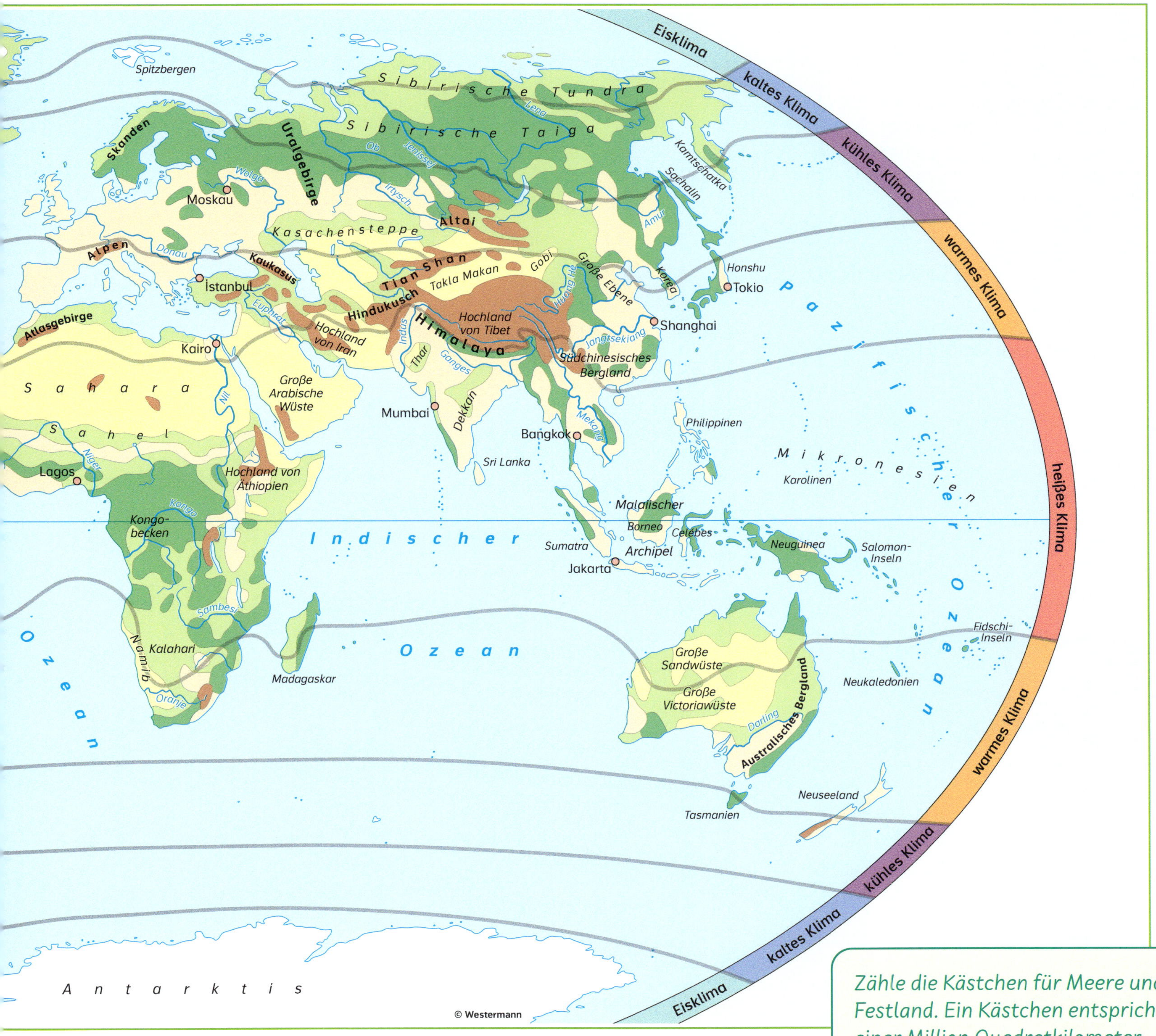

Zähle die Kästchen für Meere und Festland. Ein Kästchen entspricht einer Million Quadratkilometer.

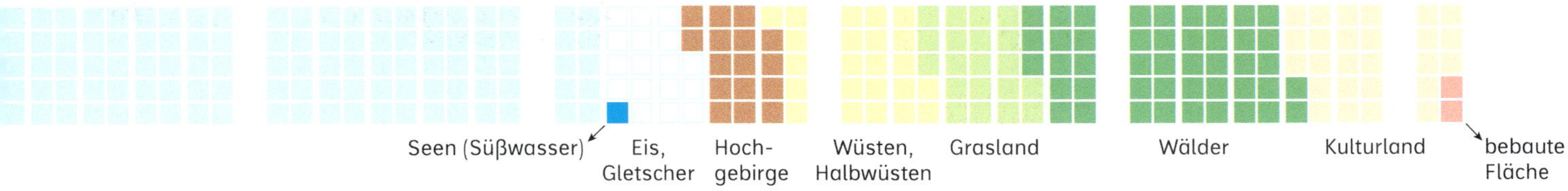

Die Erde im Weltraum und als Karte

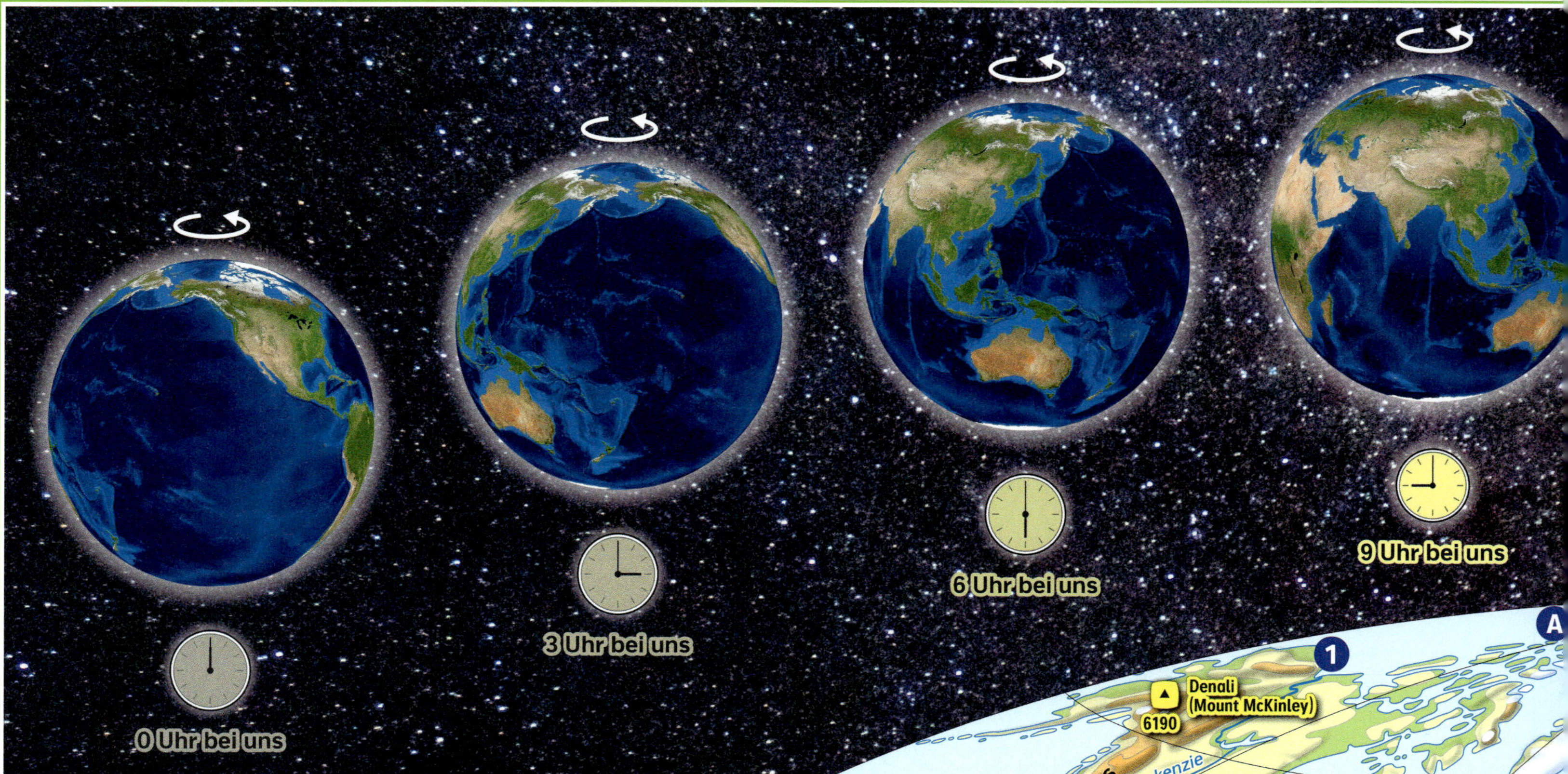

Lies mal

Wenn man aus dem Weltall auf die Erde schaut, erscheint sie als Kugel. Die Erde dreht sich um sich selbst. Dies ist der Grund für den Wechsel von **Tag** und **Nacht**. Wenn es bei uns Nacht ist, wird die gegenüberliegende Seite der Erdkugel von der Sonne beschienen.
Damit man die Erde auf einen Blick sehen kann, wird sie häufig als ovale Fläche gezeichnet. Die Erdteile nennt man **Kontinente**. Die Weltmeere heißen auch **Ozeane**.

Landhöhen (in Meter)

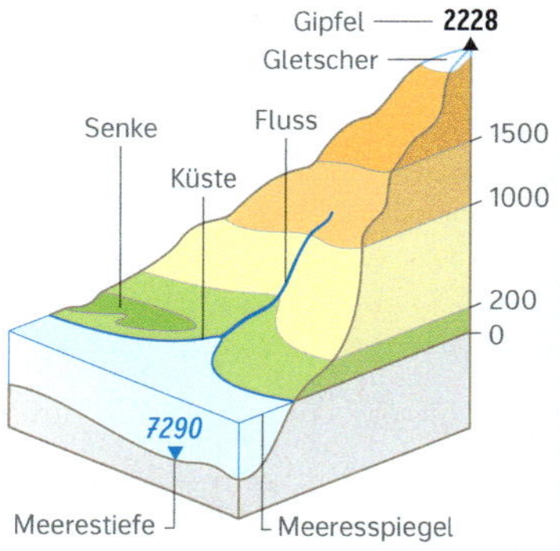

Rekorde

- ▲ höchster Berg eines Kontinents
- ▼ tiefste Stelle eines Ozeans

Maßstab 1 : 90 000 000

Wenn es in Deutschland 12 Uhr mittags ist, dann ist es in Sydney, Australien, 22 Uhr abends.

Unser Sonnensystem

Lies mal

Eine von vielen Galaxien im Weltall ist die **Milchstraße**. Zu ihr gehört unser **Sonnensystem**. Die Sonne ist der Mittelpunkt des Sonnensystems. Acht **Planeten** kreisen um die Sonne. Die **Erde** ist einer davon. Ganz nah an der Sonne kreist der Merkur, ganz weit weg der Neptun. Dazwischen ziehen Venus, Erde, Mars, Jupiter, Saturn und Uranus ihre Umlaufbahnen um die Sonne. Alle Planeten außer Merkur und Venus haben einen oder mehrere **Monde**.

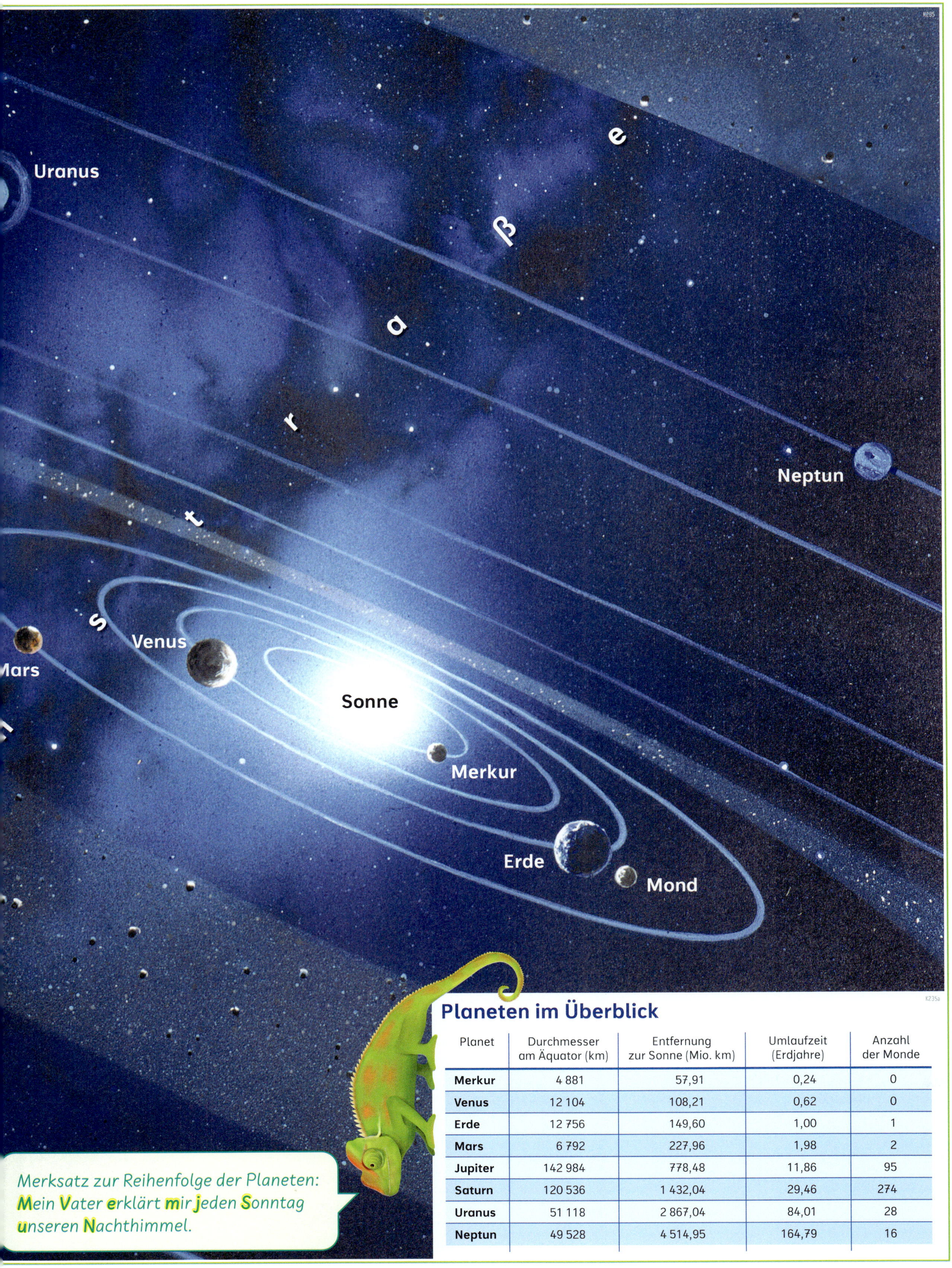

Planeten im Überblick

Planet	Durchmesser am Äquator (km)	Entfernung zur Sonne (Mio. km)	Umlaufzeit (Erdjahre)	Anzahl der Monde
Merkur	4 881	57,91	0,24	0
Venus	12 104	108,21	0,62	0
Erde	12 756	149,60	1,00	1
Mars	6 792	227,96	1,98	2
Jupiter	142 984	778,48	11,86	95
Saturn	120 536	1 432,04	29,46	274
Uranus	51 118	2 867,04	84,01	28
Neptun	49 528	4 514,95	164,79	16

Merksatz zur Reihenfolge der Planeten:
Mein **V**ater **e**rklärt **m**ir **j**eden **S**onntag **u**nseren **N**achthimmel.

Register

Lesebeispiel

Berg — Name
Hohe Acht **8**, B2
Seite — Planquadrat

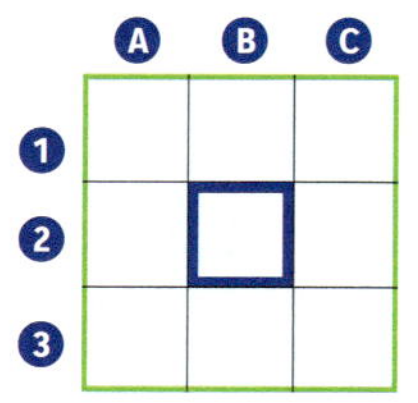

A

Aachen **39**, A4
Aar **8**, D2–D3
Aarbergen **11**, F4
Aare **39**, B6
Aconcagua **48**, B5
Adenau **11**, C3
Afghanistan **45**, D2–E2
Afrika **49**, C3–D3
Agger **8**, B1
Ägypten **45**, D2
Ahr **8**, B2
Ahrbrück **11**, C3
Ahrweiler **36**, B2
Alaska **44**, A1
Alb **13**, G9
Albanien **42.1**, B3–C4
Albe **22**, C12
Albersweiler **23**, H10
Albig **13**, F6/G6
Albisheim **13**, F6
Alexandria **41**, D4
Alf **8**, B3
Alfter **14**, D2
Algerien **44**, C2–D2
Algier **40**, B4
Alpen **40**, B3–C3
Alpenvorland **39**, B6–D6
Alsdorf **10**, A1
Alsenz **13**, F6
Alsenz **8**, C4
Alsheim **19**, I7
Altai **49**, E2
Alteburg **13**, E5
Altenahr **14**, D3
Altendiez **11**, F3
Altenglan **13**, D7/E7
Altenkirchen (Pfalz) **22**, E9
Altenkirchen (Westerwald) **8**, C1
Altenkirchen (Westerwald) [Landkreis] **36**, C1–D1
Altlußheim **23**, I10
Altmark **39**, C2
Altrich **11**, C5
Altrip **13**, G7/H7
Alzette **8**, A4
Alzey **8**, D4
Alzeyer Hügelland **8**, C4–D4
Alzey-Worms **36**, D3
Amazonas **48**, B3–B4
Amblève ➡ Amel **10**, A3
Amel **10**, A3
Amel **10**, A3
Amman **42.1**, D4
Amsterdam **40**, B2
Amsterdam-Insel **45**, E3
Anden **48**, B4
An den zwei Steinen **13**, D8/D9
Andernach **8**, B2/C2
Andorra **42.1**, A3
Aneto **40**, B3
Angelburg **11**, G1
Angola **45**, D3
Ankara **41**, D4
Annweiler **13**, F8
Antarktika **49**, C6–E6
Antarktis **44/45**, C4–E4
Antigua und Barbuda **44**, B2–C2
Anzeling ➡ Anzelingen **22**, B10
Anzelingen **22**, B10
Apach **22**, B9
Apenninenhalbinsel **40**, B3–C4
Appelbach **19**, G7–G8
Äquatorialguinea **44**, C2–D2
Arabien **49**, D3
Ararat **41**, E3
Ardennen **8**, A2
Argentinien **44**, B3–C3
Ärmelkanal **40**, B2
Armenien **42.1**, D3
Armsheim **19**, H7
Arzfeld **10**, A4
Asbach **11**, D2
Asberg **18**, C6
Ascension **44**, C3
Aserbaidschan **42.1**, D3
Asien **49**, D2–E2
Aßlar **11**, G2
Athen **40**, C4
Äthiopien **45**, D2
Atlantischer Ozean **48**, B3–C4
Atlas = Atlasgebirge **49**, C2
Atlasgebirge = Atlas **49**, C2
Ätna **40**, C4
Au **23**, H12
Auckland-Inseln **45**, F4
Augsburg **39**, C5
Australien **45**, F3
Australien **49**, E4
Ayl **22**, B8
Azoren **44**, C2

B

Bacharach **11**, E4/E5
Bad Bergzabern **13**, F9
Bad Breisig **11**, D3
Bad Camberg **11**, G3
Bad Dürkheim **8**, D5
Bad Dürkheim [Landkreis] **36**, D3–D4
Badem **18**, B6/C6
Bad Ems **11**, E3
Baden-Württemberg **37**, B5
Bad Godesberg **11**, C2/D2
Bad Honnef **11**, D2
Bad Hönningen **11**, D2
Bad Kreuznach **8**, C4
Bad Kreuznach [Landkreis] **36**, C3
Bad Marienberg **11**, F2
Bad Münster **13**, E6/F6
Bad Münstereifel **10**, C2
Bad Neuenahr-Ahrweiler **11**, C2/D2
Bad Niederbronn **13**, E9
Bad Salzig **11**, E4
Bad Schönborn **23**, J10
Bad Schwalbach **11**, F4
Bad Sobernheim **13**, E6
Bad Soden **19**, I5
Baesweiler **10**, A1
Bagdad **41**, E4
Bahamas **44**, B2
Bahrain **45**, D2
Baku **41**, E3
Balearen **42.1**, A3
Balearen **40**, B3–B4
Balkanhalbinsel **40**, C3–D3
Bamberg **39**, C4
Bangkok **49**, E3
Bangladesch **45**, E2
Bann **23**, F9
Barbados **44**, C2
Barcelona **40**, B3
Barentssee **40/41**, D1
Barl **11**, D5
Basel **39**, A6
Bassenheim **15**, E4/F4
Baumholder **13**, D6/D7
Bausendorf **18**, D6
Bayerischer Wald **39**, C5–D5
Bayern **37**, C4
Beaufort **12**, A6
Bechhofen **13**, D8
Bechtheim **19**, H7/I7
Bechtolsheim **19**, H7
Beckingen **12**, B7
Behren **22**, D10/D11
Beirut **42.1**, D4
Belarus **42.1**, C2
Belgien **42.1**, B2–B3
Belgrad **40**, C3
Belize **44**, B2
Bell **14**, E4
Bellheim **13**, G8
Beltheim **19**, F5
Bendorf **11**, E3
Benin **44**, D2
Berghausen **23**, I10
Bergheim **10**, B1
Bergisches Land **8**, B1–C1
Berkum **14**, D2
Berlin **39**, D2/D3
Berlin [Bundesland] **37**, D2
Bermuda **44**, B2
Bern **39**, A6
Bernkastel-Kues **8**, B4
Bernkastel-Wittlich **36**, B3–C3
Besançon **39**, A6
Bettendorf **12**, A5
Bettingen **18**, B6
Betzdorf **8**, C1
Bexbach **13**, D8
Bhutan **45**, E2
Biblis **13**, G6
Biebesheim **13**, G6
Bielefeld **39**, B3
Billigheim-Ingenheim **23**, H11
Bingen **8**, C3/C4
Bingert **19**, G7
Bining ➡ Biningen **22**, E11
Biningen **22**, E11
Binsfeld **10**, B5
Birkenau **23**, J8
Birkenfeld **13**, D6
Birkenfeld [Landkreis] **36**, C3
Birresborn **10**, B4
Bischofsheim **11**, G5
Bitburg **8**, A3
Bitburger Land **8**, A4–B4
Bitche ➡ Bitsch **13**, D9/E9
Bitsch **13**, D9/E9
Biwer **12**, A6
Blankenheim **10**, B3
Blankenrath **11**, D5
Bleialf **10**, A4
Bleilochstausee **39**, C4
Blies **8**, B5
Bliesgau **8**, B6
Blieskastel **13**, D8
Bobenheim-Roxheim **13**, G7
Bockenheim **13**, G7
Bodenheim **11**, G8
Bodensee **39**, B6
Bogotá **48**, B3
Böhmen **39**, D4–D5
Böhmerwald **39**, C4–D5
Bolanden **13**, F6
Bolchen **12**, B8
Bolivien **44**, B3–C3
Bollendorf **12**, A5
Bonin-Inseln **45**, F2
Bonn **39**, A4
Boppard **8**, C3
Borneo **49**, E3–E4
Bornheim **11**, C1
Bornholm **39**, D1
Bornich **19**, G5
Borny (Metz-) **12**, A9
Bosnien und Herzegowina **42.1**, B3
Bosporus **41**, D3
Bostalsee **22**, D8
Botrange **8**, A2
Botsuana **45**, D3
Boulay ➡ Bolchen **12**, B8
Bous (Deutschland) **22**, C10
Bous (Luxemburg) **22**, A8
Bouvet-Insel **44**, C4–D4
Bouzonville ➡ Busendorf **12**, B8
Bradscheid **18**, C5
Brandenburg **37**, C2–D2
Brasilien **44**, C3
Bratislava **42.1**, B3/C3
Braubach **15**, F4
Brauneberg **12**, C5
Braunfels **11**, G2/G3
Braunlauf **18**, A4–A5
Braunschweig **39**, C3
Brechen **11**, G3
Breidenbach **22**, E11
Breitenbach **22**, E9
Breitscheid **15**, H2
Bremen **39**, B2
Bremen [Bundesland] **37**, B2
Bremerhaven **39**, B2
Briedel **18**, D6
Britische Inseln **40**, A2–B2
Brocken **39**, C3
Brohlbach **14**, E3
Brohl-Lützing **15**, E3
Bröl **15**, E1
Bruchmühlbach **22**, E9/F9
Bruchsal **23**, J11
Brücken (bei Birkenfeld) **22**, D8
Brücken (Pfalz) **22**, E9
Brühl (Baden-Württemberg) **23**, I9
Brühl (Nordrhein-Westfalen) **11**, C1
Brunei **45**, E2
Brüssel **40**, B2
Büchel **11**, C4/D4
Buchholz **15**, E2
Budapest **40**, C3
Budenheim **11**, G5
Büdingen **15**, G2
Budweis **39**, D5
Buenos Aires **48**, B5
Bukarest **40**, D3
Bulgarien **42.1**, C3
Bullay **11**, D5
Büllingen **14**, A4
Bundenbach **19**, E7
Burbach **11**, F1
Burgbrohl **11**, D3
Burg-Reuland **18**, A5
Burkina Faso **44**, C2–D2
Bürstadt **13**, G6/H6
Burundi **45**, D3
Busenberg **23**, G11
Busendorf **12**, B8
Bütgenbach **10**, A3
Bütgenbachstausee **10**, A3
Büttelborn **19**, I6
Bütten **22**, E12
Butten ➡ Bütten **22**, E12
Butzweiler **18**, B7/C7

C

Calypsotief **40**, C4
Canner **12**, A8
Carling ➡ Karlingen **22**, C10/C11
Carlsberg **23**, H9
Casablanca **40**, A4
České Budějovice ➡ Budweis **39**, D5
Ceuta **42.1**, A4
Chagos-Archipel **45**, E3
Chatham-Inseln **45**, F3–F4
Chemnitz **39**, C4
Chiemsee **39**, C6
Chile **44**, B3
China **45**, E2
Christmas-Insel **45**, E3
Clausen **23**, F10
Cochem **8**, B3
Cochem-Zell **36**, B2–C2
Condé-Northen ➡ Konden **22**, B11
Consdorf **12**, A6
Contwig **13**, D8
Cook-Inseln **44**, A3
Costa Rica **44**, B2
Côte d'Ivoire **44**, C2
Cottbus **39**, D3
Courcelles **22**, A11
Courcelles-Chaussy **12**, A9/B9
Créhange ➡ Kriechingen **22**, B11/C11
Creutzwald ➡ Kreuzwald **12**, B8
Crozet-Inseln **45**, D4

D

Daaden **11**, F1
Dahlem **14**, B4
Dahn **13**, E9/F9
Dahner Felsenland **13**, F9
Dalheim **12**, A7
Dalsheim **23**, H8
Dalstein **22**, B10
Damaskus **41**, E4
Dänemark **42.1**, B2
Dannstadt **23**, H9
Darling **49**, F5–F4
Daun **8**, B3
Deidesheim **13**, F7/G7
Demokratische Republik Kongo **45**, D3
Denali **48**, A1

Das Zeichen vor dem Namen verrät dir, ob der Name
□ ein Staat, ein Bundesland oder ein Kreis,
⊙ ein Ort,
△ ein Berg oder ein Gebirge,
⌓ eine Landschaft oder eine Insel oder
∿ ein Fluss, ein See oder ein Meer ist.

⊙ Denklingen **15**, F1
⊙ Dessau-Roßlau **39**, C3
∿ Deutsche Bucht **39**, A1–B1
□ Deutschland **42.1**, B2
∿ Dhron **18**, D7
⊙ Dieblich **15**, F4
⊙ Diedenhofen **8**, A5
□ Diego Garcia **45**, E3
⊙ Diekirch **18**, A7
⊙ Diemeringen **22**, D12/E12
⊙ Dienheim **19**, H7/I7
⊙ Dierdorf **11**, E2
⊙ Diesdorf **12**, A8
⊙ Diez **11**, F3
∿ Dill **8**, D1
⊙ Dillenburg **8**, D1
⊙ Dillingen **12**, B8
⊙ Dirmstein **23**, H8
⊙ Distroff ➡ Diesdorf **12**, A8
∿ Dnipro **41**, D3
∿ Dnister **40**, D3
△ Dollberg **22**, D8
□ Dominica **44**, B2–C2
□ Dominikanische Republik **44**, B2–C2
∿ Don **41**, E2
∿ Donau **40**, C3
△ Donnersberg **8**, C4
□ Donnersbergkreis **36**, C3–D3
⊙ Dornburg **11**, F3
⊙ Dörrenbach **23**, G11
⊙ Dortmund **39**, A3/B3
⊙ Dossenheim **23**, J9
∿ Doubs **39**, A6
⊙ Drabenderhöhe **15**, E1/F1
△ Drachenfels **13**, F7
∿ Drau **39**, D6
⊙ Dreis **18**, C6
⊙ Dreis-Brück **14**, C4
⊙ Dresden **39**, D3
⊙ Driedorf **11**, G2
□ Dschibuti **45**, D2
⊙ Dublin **40**, B2
⊙ Dudeldorf **18**, C6
⊙ Dudenhofen **13**, G8
⊙ Duisburg **39**, A3
∿ Düna **40**, D2
⊙ Düngenheim **14**, D4/E4
∿ Dünnbach **11**, D4
⊙ Düppenweiler **22**, C9
⊙ Düren **8**, A1
⊙ Düsseldorf **39**, A3

E

∿ Ebro **40**, B3
⊙ Echternach **8**, A4
□ Ecuador **44**, B3
⊙ Edenkoben **13**, G8
⊙ Edesheim **23**, H10
⊙ Edingen **23**, I9
∿ Eger **39**, D4
⊙ Eggenstein-Leopoldshafen **23**, I11
⊙ Éguelshardt ➡ Igelshard **23**, F11
⊙ Eibelshausen **11**, G1
⊙ Eich **13**, G6
∿ Eichel **22**, D11–D12
△ Eifel **39**, A4
□ Eifelkreis Bitburg-Prüm **36**, A2–B2
⊙ Eindhoven **39**, A3
⌓ Einrich **8**, C3–D2
∿ Eisbach **23**, I8
⊙ Eisenach **39**, B4
⊙ Eisenberg **13**, F7
⊙ Eitelborn **15**, F4/G4
⊙ Eitorf **11**, E1
∿ Elbbach **11**, F2
∿ Elbe **40**, C2
∿ Elbe-Seitenkanal **39**, C2
△ Elbrus **41**, E3
□ Elfenbeinküste ➡ Côte d'Ivoire **44**, C2
⊙ Elkenroth **15**, G2
⊙ Ellar **15**, H3
△ Ellerspring **8**, C4
□ El Salvador **44**, B2
⌓ Elsass **39**, A5–A6
⊙ Eltville **11**, F5
⊙ Elz **11**, F3
∿ Elzbach **8**, B3
⊙ Emden **39**, A2
⊙ Emmelshausen **11**, E4
∿ Ems **39**, A2
∿ Emsbach **8**, D2
⌓ Emsland **39**, A2–B3
⊙ Enchenberg **22**, E11
⊙ Enkenbach-Alsenborn **13**, F7
⊙ Enkirch **11**, D5
⊙ Ensdorf **22**, C10
⊙ Eppelborn **22**, D9
⊙ Eppelheim **23**, J9
⊙ Eppenbrunn **13**, E9
⊙ Eppstein **19**, I5
△ Erbeskopf **8**, B4
∿ Erft **8**, B2
⊙ Erftstadt **10**, B1/C1
⊙ Erfurt **39**, C4
□ Eritrea **45**, D2
△ Ernstberg **8**, B3
⊙ Ernztal **18**, A7
△ Erzgebirge **39**, C4–D4
△ Eschkopf **8**, C5
⊙ Eschweiler **10**, A1
⊙ Essen **39**, A3
⊙ Essenheim **19**, H6
⊙ Esthal **23**, G9
□ Estland **42.1**, C2
□ Eswatini **45**, D3
⊙ Ettelbrück **8**, A4
⊙ Ettringen **14**, E4
⊙ Eupen **10**, A2
∿ Eupenstausee **10**, A2
∿ Euphrat **41**, E4
⌓ Europa **49**, D2
∿ Europäisches Nordmeer **40**, B1–C1
⊙ Euskirchen **8**, A1/B1

F

⊙ Falkenberg **12**, B9
□ Falkland-Inseln **44**, C4
⌓ Falster **39**, C1
⊙ Farébersviller ➡ Pfarrebersweiler **22**, C11
□ Färöer **42.1**, A1
⌓ Färöer **40**, B1
⊙ Faulquemont ➡ Falkenberg **12**, B9
⌓ Fehmarn **39**, C1
△ Feldberg **39**, B6
⊙ Fell **18**, C7
∿ Ferndorf **15**, G1
⌓ Feuerland **48**, B5
△ Fichtelberg **39**, C4
△ Fichtelgebirge **39**, C4
□ Fidschi **45**, F3
⌓ Fidschi **49**, F4
⌓ Finnische Seenplatte **40**, C1–D1
□ Finnland **42.1**, C1
△ Finsteraarhorn **39**, B6
⊙ Fischbach **13**, E9
△ Fläming **39**, C3
⊙ Flammersfeld **11**, E2
⊙ Flaxweiler **22**, A8/B8
⊙ Flensburg **39**, B1
⊙ Flonheim **13**, F6
⊙ Flörsheim **19**, I6
⊙ Föhren **12**, B5/C5
⊙ Forbach **8**, B6
⊙ Forst **23**, I11/J11
⊙ Framersheim **19**, H7
⊙ Frankenthal **8**, D5
□ Frankenthal (Pfalz) [kreisfreie Stadt] **36**, D3
⊙ Frankfurt **39**, B4
△ Fränkische Alb **39**, C5
□ Frankreich **42.1**, A3–B3
□ Französisch-Guayana **44**, C2
□ Französisch-Polynesien **44**, A3
⊙ Frechen **10**, C1
⊙ Freckenfeld **23**, H11
⊙ Freiburg **39**, B6
⊙ Freimingen-Merlenbach **12**, C9
⊙ Freinsheim **13**, F7/G7
⊙ Freisen **13**, D7
⊙ Freudenberg **11**, F1
⊙ Freudenburg **12**, B7
⊙ Freyming-Merlebach ➡ Freimingen-Merlenbach **12**, C9
⊙ Friedrichsthal **22**, D10
⊙ Friesenhagen **11**, E1/F1
△ Fuchskaute **8**, D1
∿ Fulda **39**, B3–B4
⌓ Fünen **39**, B1–C1
⊙ Fürfeld **19**, G7

G

□ Gabun **45**, D2–D3
□ Galápagos-Inseln **44**, B3
⌓ Galápagos-Inseln **48**, B4
△ Galdhøpiggen **40**, C1
□ Gambia **44**, C2
⊙ Garmisch-Partenkirchen **39**, C6
⊙ Gau-Algesheim **11**, F5
⊙ Gau-Bickelheim **19**, H7
⊙ Gau-Odernheim **13**, G6
□ Gazastreifen **42.1**, C4–D4
⊙ Gebhardshain **15**, G2
⊙ Geinsheim **19**, I6/I7
⊙ Geisenheim **11**, F5
∿ Gelbach **15**, G4
⊙ Gelsdorf **14**, D3
⊙ Gemünd **14**, B3
⊙ Gemünden **13**, D5/E5
∿ Gemündener Maar **10**, B4/C4
⊙ Gensingen **13**, F5
□ Georgien **42.1**, D3
△ Gerlsdorfer Spitze **40**, C3
⊙ Germersheim **13**, G8
□ Germersheim [Landkreis] **36**, D4
⊙ Gernsheim **13**, H6
⊙ Gerolstein **10**, B4
⊙ Gersheim **13**, D9
⊙ Gey **14**, B2
□ Ghana **44**, C2
□ Gibraltar **42.1**, A4
⊙ Gießen **39**, B4
⊙ Gillenfeld **18**, C5/D5
⊙ Gimbsheim **19**, I7
⊙ Ginsheim **19**, I6
∿ Glan **8**, C4
⊙ Glan-Münchweiler **22**, E9
⌓ Gobi **49**, E2
⊙ Goddelau **19**, I7
⊙ Goetzenbruck ➡ Götzenbrück **22**, E12
⊙ Göllheim **13**, F7
⊙ Gommersheim **23**, H10
⊙ Gondelsheim **23**, J11
⊙ Gönnheim **23**, H9
⊙ Görlitz **39**, D3
⊙ Gorzów Wielkopolski ➡ Landsberg **39**, D2
⌓ Gotland **40**, C2
⊙ Göttingen **39**, B3
⊙ Götzenbrück **22**, E12
⊙ Graben **23**, I11
⊙ Graben-Neudorf **13**, G9/H9
∿ Gräfenbach **19**, G6–G7
△ Gran Sasso d'Italia **40**, C3
⊙ Graz **39**, D6
□ Grenada **44**, B2
⊙ Grevenmacher **12**, A6/B6
□ Griechenland **42.1**, C4
⊙ Griesheim **13**, H5
⊙ Groningen **39**, A2
□ Grönland **44**, C1
⌓ Grönland **48/49**, C1
⌓ Großbritannien **40**, B2
□ Großbritannien und Nordirland ➡ Vereinigtes Königreich Großbritannien und Nordirland **42.1**, A2–B2
△ Großer Arber **39**, C5
△ Großer Beerberg **39**, C4
△ Großer Belchen **39**, A6
△ Großer Feldberg **8**, D3
⊙ Groß-Gerau **13**, H5
△ Großglockner **39**, C6
⊙ Großlittgen **18**, C6
⊙ Großmaischeid **15**, F3
⊙ Groß-Rohrheim **19**, I7
⊙ Großrosseln **12**, B8/C8
⊙ Groß Tänchen **12**, B9
⊙ Grostenquin ➡ Groß Tänchen **12**, B9
⊙ Grünberg **39**, D3
⊙ Grünstadt **13**, G7
□ Guam **45**, F2
□ Guatemala **44**, B2
□ Guinea **44**, C2
□ Guinea-Bissau **44**, C2
∿ Guldenbach **19**, F6
⊙ Gundersheim **23**, H8
⊙ Gundheim **23**, H8
⊙ Guntersblum **13**, G6
⊙ Gusenburg **22**, C8/D8
⊙ Gusterath **12**, B6
⌓ Gutland **8**, A5–A4
□ Guyana **44**, C2

H

△ Haardt **8**, C6–D6
△ Haardtkopf **13**, C5
⊙ Hachenburg **11**, E2/F2
⊙ Hackenheim **19**, G7
⊙ Hadamar **11**, F3
⊙ Hagenbach **13**, G9
⊙ Hahn **11**, G4
∿ Hahnenbach **13**, D5–E6
⊙ Hahnheim **19**, H7
⊙ Hahnstätten **11**, F3
⊙ Haiger **11**, G1
∿ Hainbach **23**, H10–I10
□ Haiti **44**, B2
⊙ Halle **39**, C3
⊙ Halsdorf **22**, B9
⊙ Halsenbach **19**, F5
⊙ Halstroff ➡ Halsdorf **22**, B9
⊙ Hambach **22**, D11
⊙ Hambrücken **23**, I10/J10
⊙ Hamburg **39**, B2
□ Hamburg [Bundesland] **37**, B2
⊙ Hamm **11**, E1
∿ Hanfbach **15**, E2
⊙ Hannover **39**, B3
⊙ Hanviller ➡ Hanweiler **22**, E11/F11
⊙ Hanweiler **22**, E11/F11
⊙ Hargesheim **19**, G7
△ Harz **39**, B3–C3
⊙ Haßloch **13**, G8
⊙ Hattersheim **19**, I5
⊙ Hatzenbühl **23**, H11
⊙ Hauenstein **23**, G10
∿ Havel **39**, C2
□ Hawaii **44**, A2
□ Heard und McDonald-Inseln **45**, E4
⊙ Heddesheim **23**, J9
⊙ Heide **39**, B1
⊙ Heidelberg **23**, J9
⊙ Heidenrod **11**, F4
⊙ Heidesheim **19**, H6
⊙ Heimbach **10**, B2
⊙ Heimerzheim **14**, C2/D2
⌓ Helgoland **39**, B1
⊙ Hellenthal **10**, B3
∿ Heller **15**, H2
⊙ Hellimer **22**, C11
⊙ Helsinki **40**, C2
⊙ Heltersberg **23**, F10/G10
△ Hemmrain **11**, G1
⊙ Hemsbach **23**, J8
⊙ Hennef **11**, D1
⊙ Hennweiler **19**, E7
⊙ Herborn **11**, G2
⊙ Herdorf **11**, F1
⊙ Hermersberg **23**, F10
⊙ Hermeskeil **12**, C6
⊙ Herrstein **19**, E7
⊙ Herschbach **11**, E2
⊙ Herschweiler-Pettersheim **13**, D7
⊙ Herxheim **13**, G9
⊙ Herzogenrath **10**, A1
□ Hessen **37**, B3
⊙ Heßheim **23**, H8/I8
⌓ Hessisches Bergland **39**, B4
⊙ Heßloch **19**, H7
⊙ Hettenleidelheim **23**, H8/I8
⊙ Hetzerath **18**, C7
⊙ Heusweiler **22**, D10
∿ Hill **14**, A3
⊙ Hillesheim **10**, B3
⊙ Hillscheid **15**, F4
△ Himalaya **49**, E2–E3
△ Hintertaunus **8**, C3–D2
⊙ Hinterweidenthal **13**, E8
⊙ Hochheim **19**, I6
⊙ Hochspeyer **13**, F7
⊙ Hochstadt **23**, H10
⊙ Hochstetten-Dhaun **19**, E7/F7
⊙ Hockenheim **13**, H8
⊙ Hof **15**, H2
⊙ Hofheim **19**, I5
△ Hohe Acht **8**, B2
△ Hohe Derst **8**, C6
△ Hohe Eifel **8**, B3–B2
⊙ Höheinöd **23**, F10
⊙ Hohenstein **11**, F4
△ Hoher Dachstein **39**, D6
△ Hoher Westerwald **11**, F2–G2
△ Hohes Venn **10**, A2
△ Hohe Wurzel **11**, F4

Höhfröschen **23**, F10
Höhr-Grenzhausen **11**, E3
Holzappel **15**, G4
Holzmaar **10**, C4
Hombourg-Haut ➡ Oberhomburg **22**, C11
Homburg **8**, B5/C5
Honduras **44**, B2
Honshu **49**, F2
Hoppstädten-Weiersbach **13**, D6
Horhausen **15**, F3
Hornbach **13**, D8
Hornbach **22**, E10
Hosingen **10**, A5
Hundsangen **15**, G3
Hünfelden **11**, F3/G3
Hunspach **23**, G12
Hunsrück **8**, B4–C3
Hünstetten **11**, G4
Hürth **8**, B1
Hütschenhausen **23**, F9
Hvannadalshnúkur **40**, B1

I

Iberische Halbinsel **40**, A3–B3
Idarbach (Fluss zum Hahnenbach) **19**, E6–E7
Idarbach (Fluss zur Nahe) **18**, D7–E7
Idarkopf **8**, B4
Idar-Oberstein **8**, B4
Idarwald **8**, B4
Idstein **11**, G4
Igel **12**, B6
Igelshard **23**, F11
Iggelheim **23**, I9/I10
IJsselmeer **39**, A2
Iller **39**, B5
Illingen **22**, D9
Ilvesheim **23**, I9
Immerather Maar **11**, C4–D4
Imsbach **23**, G8
Inde **10**, A2
Indien **45**, E2
Indien **49**, E3
Indischer Ozean **49**, D4–E4
Indonesien **45**, E3–F3
Ingelheim **8**, D3
Inn **39**, B6
Innsbruck **39**, C6
Insheim **23**, H11
Irak **45**, D2
Iran **45**, D2
Irland **42.1**, A2
Irland **40**, A2–B2
Irrel **12**, B5
Irsch **22**, B8
Irtysch **41**, E1
Isar **39**, C5
Isenach **8**, D5
Island **42.1**, A1
Island **49**, C1
Islek **8**, A3
Israel **45**, D2
İstanbul **41**, D3/D4
Italien **42.1**, B3

J

Jakarta **49**, E4
Jamaika **44**, B2
Jangtsekiang **49**, E2–E3
Japan **45**, F2
Jekaterinburg **41**, E1
Jemen **45**, D2
Jena **39**, C4
Jenissej **49**, E1–E2
Jerewan **42.1**, D3
Jerusalem **41**, D4/E4
Jettenbach **23**, F8/F9
Jeutz **12**, A8
Jockgrim **13**, G9
Jordanien **45**, D2
Jülich **10**, A1/B1
Jülicher Börde **10**, A1–B1
Junglinster **12**, A6
Jünkerath **14**, B4
Jura **39**, A6
Jütland **40**, C2

K

Kachowkaer Stausee **41**, D3
Kahlenberg **10**, A5
Kahler Asten **39**, B3
Kairo **49**, D2
Kaisersesch **11**, D4
Kaiserslautern **8**, C5
Kaiserslautern [kreisfreie Stadt] **36**, C3–C4
Kaiserslautern [Landkreis] **36**, C3
Kall **10**, B2
Kallstadt **23**, H9
Kalmit **8**, D5
Kalte Herberge **11**, F5
Kama **41**, E2
Kambodscha **45**, E2
Kamerun **45**, D2
Kanada **44**, B1
Kanalinseln **42.1**, A2
Kanarische Inseln **44**, C2
Kandel **13**, G9
Kanin-Halbinsel **41**, D1
Kannenbäckerland **8**, C2
Kapstadt **49**, D5
Kap Verde **44**, C2
Karlingen **22**, C10/C11
Karlovy Vary ➡ Karlsbad **39**, C4
Karlsbad **39**, C4
Karlsdorf-Neuthard **23**, I11/J11
Karlsruhe **39**, B5
Karpaten **40**, C3–D3
Kasachstan **45**, E1
Kasan **41**, E2
Kasel **18**, C7
Kaspische Senke **41**, E3–E2
Kaspisches Meer **41**, E3
Kassel **39**, B3
Kastellaun **11**, D4/E4
Katar **45**, D2
Katzenelnbogen **11**, F4
Katzenknipp **10**, B1
Kaukasus **41**, E3
Kelberg **11**, C3/D3
Kelkheim **11**, G4
Kell **12**, C6
Kelsterbach **19**, I6
Kempenich **11**, D3
Kempfeld **18**, E7
Kenia **45**, D2
Kenn **12**, B6/C6
Kerguelen **45**, E4
Kerkrade **10**, A1
Kermadec-Inseln **45**, F3
Kerpen **10**, B1
Kerzenheim **23**, H8
Keskastel **22**, D12
Ketsch **23**, I9
Kibo ➡ Kilimandscharo **49**, D4
Kiedrich **19**, H6
Kiel **39**, B1
Kiew **41**, D3
Kilimandscharo **49**, D4
Kinderbeuern **18**, D6
Kindsbach **23**, F9
Kirchberg **11**, D5
Kirchen **11**, F1
Kirchenarnbach **23**, F9/F10
Kirchheim **23**, H8
Kirchheimbolanden **13**, F6
Kirgisistan **45**, E2
Kiribati **45**, F3
Kirkel **22**, E10
Kirn **13**, E6
Kirschweiler **18**, E7
Kischinau = Chişinău **42.1**, C3
Klagenfurt **39**, D6
Klarälven **40**, C2
Kleinasien **41**, D4–E4
Kleinblittersdorf **13**, C8/C9
Klein-Winternheim **19**, H6
Klingenmünster **13**, F9
Klüsserath **18**, C7
Knoten **8**, D2
Kobern-Gondorf **15**, E4/F4
Koblenz **8**, C2
Koblenz [kreisfreie Stadt] **36**, C2
Koenigsmacker ➡ Königsmachern **12**, A7/A8
Kokosinseln **45**, E3
Kola **41**, D1
Kolgujew **41**, D1
Köln **39**, A4
Kolumbien **44**, B2
Komoren **45**, D3
Konden **22**, B11
Kongo **49**, D4
Kongo, Demokratische Republik ➡ Demokratische Republik Kongo **45**, D3
Kongo (Republik Kongo) **45**, D3
Königsmachern **12**, A7
Königstein **8**, D3
Königswinter **8**, B1
Konstanz **39**, B6
Konz **12**, B6
Kopenhagen **40**, C2
Kordel **12**, B5/B6
Körperich **18**, A6
Korsika **42.1**, B3
Korsika **40**, B3
Köslin **39**, D1
Kosovo **42.1**, C3
Koszalin ➡ Köslin **39**, D1
Kottenheim **14**, E4
Kraichbach **23**, J10–J11
Kreta **40**, D4
Kreuzau **14**, B2
Kreuzwald **12**, B8
Kriechingen **22**, B11
Kriegsfeld **23**, G8
Kriftel **19**, I5
Krim **41**, D3
Kroatien **42.1**, B3
Krombachstausee **15**, H2
Kronau **23**, J10
Kronberg **19**, I5
Kröv **11**, C5/D5
Kuba **44**, B2
Kuba **48**, B3
Kuibyschewer Stausee **41**, E2
Kura **41**, E3
Kusel **13**, D7
Kusel [Landkreis] **36**, C3
Kuwait **45**, D2
Kyll **8**, A3
Kyllburg **10**, B5
Kyllwald **8**, A3
Kyrbach **19**, E6

L

Laacher See **8**, B2
Ladenburg **23**, J9
Ladogasee **41**, D2
Lagos **49**, C3
Lahn **8**, D1
Lahnstein **11**, E3
Lambrecht **13**, F8
Lambsheim **13**, G7
Lampertheim **13**, G6/G7
Landau **8**, D6
Landau in der Pfalz [kreisfreie Stadt] **36**, D4
Landsberg **39**, D2
Landscheid **10**, B5/C5
Landstuhl **13**, E7
Langeland **39**, B1–C1
Langenhahn **15**, G3
Langenlonsheim **11**, E8/F8
Langschoß **10**, A2
Lantershofen **14**, D3
Laos **45**, E2
Larochette **18**, A7
Laubach **18**, D5
Laumesfeld **22**, B9
Lausitz **39**, D3
Lausitzer Neiße **39**, D3
Lauter (Fluss zum Glan) **8**, C5
Lauter (Fluss zum Rhein) **8**, D6
Lauterbourg ➡ Lauterburg **13**, F9/G9
Lauterburg **13**, F9/G9
Lauterecken **13**, E6
Lebach **12**, C7
Lech **39**, C5
Leimen **23**, G10
Leimersheim **23**, I11
Leipzig **39**, C3
Leiwen **18**, C7
Lembach **13**, F9
Lemberg (Deutschland) **13**, E8/E9
Lemberg (Frankreich) **22**, E11
Lemud **22**, B11
Lena **49**, E1
Lenningen **22**, A8/B8
Lesotho **45**, D3
Lettland **42.1**, C2
Leubsdorf **14**, E3
Leudersdorf **14**, C4
Leun **11**, G2
Leuscheid **11**, E1–E2
Leutershausen **23**, J9
Leutesdorf **15**, E3
L'Hôpital ➡ Spittel **12**, B8/B9
Libanon **45**, D2
Liberec ➡ Reichenberg **39**, D4
Liberia **44**, C2
Libyen **45**, D2
Lichtenborner Höhe **8**, A3
Liechtenstein **42.1**, B3
Liederbach **19**, I5
Liège ➡ Lüttich **39**, A4
Lieser **18**, D6
Lieser **8**, B3
Limburg **8**, D2
Limburger Becken **11**, F3–G3
Limburgerhof **13**, G7
Lingenfeld **13**, G8
Linkenheim-Hochstetten **13**, G9
Linz (Donau) **39**, D5
Linz (Rhein) **11**, D2
Lippe **39**, B3
Lissabon **40**, A3
Lissendorf **14**, B4/C4
Litauen **42.1**, C2
Ljubljana **42.1**, B3
Löf **19**, F5
Lohmar **11**, D1
Loire **40**, B3
Lolland **39**, C1
London **40**, B2
Longeville ➡ Lubeln **22**, C11
Longuich **18**, C7
Lorch **11**, F5
Lorsch **13**, H6
Losheim **12**, B7/C7
Lothringen **8**, A6–C6
Lothringer Plateau **22**, E11–F12
Lübeck **39**, C2
Lubeln **22**, B11/C11
Ludwigshafen **8**, D5
Ludwigshafen am Rhein [kreisfreie Stadt] **36**, D3
Luftekopf **11**, E4
Lüneburg **39**, B2/C2
Lüneburger Heide **39**, B2–C2
Luttange ➡ Lüttingen **12**, A8
Lüttich **39**, A4
Lüttingen **12**, A8
Lutzerath **18**, D5
Luxembourg ➡ Luxemburg **39**, A4
Luxemburg **39**, A4
Luxemburg [Staat] **42.1**, B3

M

Maas **39**, A5
Mackenbach **23**, F9
Mackenzie **48**, A1–A2
Macquarie-Insel **45**, F4
Madagaskar **45**, D3
Madagaskar **49**, D4
Madeira **44**, C2
Madrid **40**, A3
Magdeburg **39**, C3
Mahlbergskopf **13**, D6
Maifeld **8**, B3–C2
Maikammer **23**, H10
Mailand **40**, B3
Main **39**, C4
Main-Donau-Kanal **39**, C4–C5
Mainz **8**, D3
Mainz-Bingen **36**, D3
Mainz [kreisfreie Stadt] **36**, D2
Malawi **45**, D3
Malaysia **45**, E2
Malborn **18**, D7
Malediven **45**, E2
Mali **44**, C2–D2
Mallorca **40**, B4
Malta **42.1**, B4

Das Zeichen vor dem Namen verrät dir, ob der Name
ein Staat, ein Bundesland oder ein Kreis,
ein Ort,
ein Berg oder ein Gebirge,
eine Landschaft oder eine Insel oder
ein Fluss, ein See oder ein Meer ist.

Malta **40**, C4
Manderscheid **10**, B4/C4
Mannheim **39**, B5
Manytschniederung **41**, E3
Marange-Zondrange **22**, B11
Marnheim **23**, H8
Marokko **44**, C2
Marpingen **13**, C7
Marseille **40**, B3
Marshallinseln **45**, F2
Martinshöhe **22**, E9/F9
Mastershausen **19**, E6
Mauretanien **44**, C2
Mauritius **45**, D3–E3
Maxdorf **13**, G7
Mayen **11**, D3
Mayen-Koblenz **36**, B2–C2
Mayschoß **14**, D3
Mechernich **10**, B2
Meckenheim **11**, C2
Mecklenburgische Seenplatte **39**, C2
Mecklenburg-Vorpommern **37**, C1–D1
Meerfelder Maar **10**, B4/C4
Mehlingen **23**, G9
Mehrbach **15**, F2
Mehring **12**, C6
Meisenheim **13**, E6
Mekong **49**, E3
Melilla **42.1**, A4
Melsbach **15**, F3
Mendig **11**, D3
Mengerskirchen **15**, H3
Merchweiler **13**, C8
Merenberg **15**, H3
Merten **12**, B8
Mertert **12**, B6
Mertesdorf **18**, C7
Mertloch **14**, E4
Merxheim **19**, F7
Merzalben **23**, G10
Merzenich **10**, B1
Merzig **8**, A5
Mettendorf **10**, A5
Mettlach **12**, B7
Metz **39**, A5
Mexiko **44**, B2
Mexiko-Stadt **48**, A3/B3
Midway-Inseln **45**, F2
Miehlen **19**, G5
Mikronesien **45**, F2
Mikronesien **49**, F3
Milwaukeetief **48**, B3
Minfeld **23**, H11
Minsk **40**, D2
Mississippi **48**, B2
Mittellandkanal **39**, B3
Mittelmeer **40/41**, B4–D4
Mittelreidenbach **19**, E7/E8
Modenbach **23**, H10–I10
Moldau **42.1**, C3
Moldau **39**, D5
Mombronn **13**, D9
Mompach **18**, B7
Møn **39**, C1
Monaco **42.1**, B3
Mondorf-les-Bains **12**, A7
Mongolei **45**, E1
Monschau **8**, A2
Monsheim **13**, G6
Montabaur **8**, C2
Mont Blanc **49**, C2
Montbronn ➡ Mombronn **13**, D9
Montenegro **42.1**, B3
Monzel **18**, D6
Monzelfeld **13**, D5
Monzingen **19**, F7
Morbach **13**, D6
Morsbach **11**, E1
Mörsdorf **19**, E5
Mosambik **45**, D3
Mosel **39**, A5
Moselberge **12**, C6–C5
Moskau **49**, D2
Moulouya **40**, A4
Mount Everest **49**, E2
Mount Kosciuszko **49**, E5/F5
Mount McKinley ➡ Denali **48**, A1
Mount Vinson **48**, B6
Much **11**, D1
Mudersbach **15**, G1
Mühlbach **11**, E3–F4
Mulde **39**, C3
Mulhacén **40**, A4
Mülhausen **39**, A6
Mülheim-Kärlich **11**, E3
Mulhouse ➡ Mülhausen **39**, A6
Mumbai **49**, D3/E3
München **40**, C3
Münchweiler **13**, E8
Münster **39**, A3/B3
Münsterland **39**, A3–B3
Münstermaifeld **11**, D4
Münster-Sarmsheim **19**, G6
Mur **39**, D6
Müritz **39**, C2
Murmansk **40**, D1
Mutterstadt **13**, G7
Myanmar **45**, E2

N

Nachtsheim **14**, D4
Nackenheim **13**, G5
Nahe **8**, B4
Nalbach **22**, C9
Namborn **22**, D9
Namib **49**, D4
Namibia **45**, D3
Nancy **39**, A5
Nanzdietschweiler **22**, E9
Narodnaja **41**, E1
Nassau **11**, F3
Nastätten **11**, F4
Nauheim **13**, G5
Nauort **15**, F3
Nauru **45**, F3
Neckar **39**, B5
Nentershausen **15**, G4
Nepal **45**, E2
Netphen **11**, F1
Nette **8**, B2–C2
Nettelbach **14**, C2
Nettersheim **10**, B3
Neubrandenburg **39**, C2
Neuburg **13**, G9
Neudorf **23**, I10
Neuenburger See **39**, A6
Neuerburg **10**, A5
Neufundland **48**, B2–C2
Neuguinea **49**, F4
Neuhofen **23**, I9
Neukaledonien **45**, F3
Neulußheim **23**, I10
Neumagen-Dhron **12**, C5
Neumünster **39**, B1/B2
Neunkirchen (Saarland) **8**, B5
Neunkirchen (Siegerland) **11**, F1
Neunkirchen (Wahnbachtal) **11**, D1
Neuseeland **45**, F3
Neuseeland **49**, F5
Neustadt an der Weinstraße **8**, D5
Neustadt an der Weinstraße [kreisfreie Stadt] **36**, D4
Neustadt (Wied) **15**, E2
Neuwied **8**, C2
Neuwied [Landkreis] **36**, C1
New York **48**, B2
Nicaragua **44**, B2
Nickenich **15**, E4
Nideggen **10**, B2
Nied **8**, A5–A6
Nied Allemande **12**, B9
Niederanven **12**, A6
Niederbronn-les-Bains ➡ Bad Niederbronn **13**, E9
Niederemmel **12**, C5
Niedergondershausen **19**, E5
Niederkassel **14**, D1
Niederkirchen **23**, H9
Niederlande **42.1**, B2
Niederneisen **15**, G4/H4
Niedernhausen **11**, G4
Nieder-Olm **11**, F8/G8
Niedersachsen **37**, B2
Niederwörresbach **19**, E7
Niederzissen **11**, D3
Nied Française **12**, A9–B9
Nierstein **13**, G5
Niger **44**, D2
Niger **49**, C3
Nigeria **44**, D2
Nijmegen ➡ Nimwegen **39**, A3
Nikosia **42.1**, C4
Nil **49**, D3
Nims **18**, B5–B6
Nimwegen **39**, A3
Nischni Nowgorod **41**, D2/E2
Nister **8**, C1
Nittel **12**, B6
Niue **44**, A3
Nohfelden **13**, C7/D7
Nonnenwerth **8**, B1
Nonnweiler **12**, C7
Nordamerika **48**, A2–B2
Nordfriesische Inseln **39**, B1
Nordfriesland **39**, B1
Nordkorea **45**, F2
Nördliche Dwina **41**, D1
Nördliche Marianen **45**, F2
Nordmazedonien **42.1**, C3
Nord-Ostsee-Kanal **39**, B1–B2
Nordpolarmeer **49**, C1–E1
Nordrhein-Westfalen **37**, A3–B3
Nordsee **40**, B2
Norfolk-Insel **45**, F3
Nörvenich **14**, C1
Norwegen **42.1**, B1
Nümbrecht **11**, E1
Nürnberg **39**, C5
Nußloch **23**, J10
Nutscheid **11**, D1–E1

O

Ob **49**, E1
Oberhattert **15**, F2/G2
Oberhausen **13**, G8
Oberhomburg **22**, C11
Obermoschel **19**, F7/G7
Obernaustausee **15**, H1
Ober-Olm **19**, H6
Oberotterbach **23**, G11
Oberpfälzer Wald **39**, C4–C5
Oberrheinisches Tiefland **39**, A5–B5
Oberthal **13**, C7/D7
Obertiefenbach **15**, H3
Oberwesel **11**, E4
Obrigheim **23**, H8
Ochtendung **11**, D3
Odenbach **23**, F8
Odenbach **23**, F8
Odendorf **14**, C2/D2
Odense **39**, B1
Odenwald **39**, B4
Oder **40**, C2
Odernheim **13**, E9
Oestrich **19**, H6
Offenbach am Glan **23**, F8
Offenbach an der Queich **23**, H10
Offstein **23**, H8
Oftersheim **23**, J9
Oldenburg **39**, B2
Olef **14**, B3
Olefstausee **14**, B3
Olsbrücken **13**, E7
Olymp **40**, C4
Olzheim **10**, B3
Oman **45**, D2
Onegasee **41**, D1
Oppenheim **13**, G5
Orenhofen **18**, C6/C7
Orlíkstausee **39**, D5
Ormesheim **22**, D10
Osann **18**, D6
Osburg **12**, C6
Ösling **10**, A5
Oslo **40**, C2
Osnabrück **39**, B3
Osterinsel **44**, B3
Österreich **42.1**, B3
Ostfriesische Inseln **39**, A2–B2
Ostfriesland **39**, A2–B2
Osthofen **13**, G6
Ostsee **40**, C2
Otterbach **23**, G9
Otterberg **13**, E7
Ottweiler **13**, C7/D7
Our **8**, A3
Ourstausee **10**, A5
Overath **11**, D1

P

Pakistan **45**, E2
Palau **45**, F2
Panama **44**, B2
Pange **22**, A11/B11
Papua-Neuguinea **45**, F3
Paraguay **44**, B3–C3
Paraná **48**, B4
Paris **40**, B3
Passau **39**, C5/D5
Pazifischer Ozean **48**, A3–B4
Peking **49**, E2
Peloponnes **40**, C4
Perl **12**, A7
Peru **44**, B3
Petschora **41**, E1
Pfälzer Bergland **8**, B5–C5
Pfälzerwald **8**, C6–D5
Pfarrebersweiler **22**, C11
Pfeffelbach **22**, E8/E9
Pfinz **13**, H9
Pfinztal **13**, H9
Pfrimm **8**, D4
Philippinen **45**, F2
Philippinen **49**, E3
Philippsbourg ➡ Philippsburg (Frankreich) **13**, E9
Philippsburg (Deutschland) **13**, G8
Philippsburg (Frankreich) **13**, E9
Pilsen **39**, D4
Pirmasens **8**, C6
Pirmasens [kreisfreie Stadt] **36**, C4
Pitcairn-Inseln **44**, A3
Plaidt **11**, D3
Plankstadt **23**, J9
Pleisbach **14**, E2
Pluwig **22**, C8
Plzeň ➡ Pilsen **39**, D4
Po **40**, C3
Podgorica **42.1**, B3
Polch **11**, D3
Polen **42.1**, B2–C2
Polynesien **48**, A4
Pommern **39**, C1–D2
Pommersche Bucht **39**, D1
Porcelette **22**, B11/C11
Portugal **42.1**, A3
Porz **11**, C1
Potsdam **39**, C3
Prag **40**, C3
Praha ➡ Prag **39**, D4
Prims **8**, B5
Prinz-Eduard- und Marion-Inseln **45**, D4
Priština **42.1**, C3
Pronsfeld **10**, A4
Prüm **8**, A3
Prüm **8**, A3
Puderbach **11**, E2
Pulvermaar **11**, C4
Puttelange **12**, C9
Püttlingen **12**, C8
Pyrenäen **40**, B3

Q

Queich **8**, D6
Queidersbach **13**, E8
Quierschied **13**, C8

R

Rabat **42.1**, A4
Raeren **10**, A2
Ramberg **23**, G10/H10
Rammelsbach **22**, E8/F8
Ramsen **13**, F7
Ramstein-Miesenbach **13**, E7
Ransbach-Baumbach **11**, E3

Register

Rauenberg **23**, J10
Raunheim **19**, I6
Regensburg **39**, C5
Rehbach **23**, H10–I9
Rehlingen-Siersburg **22**, B9/C9
Reichenberg **39**, D4
Reilingen **23**, I10/J10
Reinsfeld **12**, C6
Reisdorf **18**, A7
Remagen **11**, D2
Remelach **12**, A9
Remich **12**, A7
Rémilly ➡ Remelach **12**, A9
Rengsdorf **11**, E2
Rennerod **11**, F2
Réunion **45**, D3
Reykjavík **40**, A1
Rhaunen **13**, D5
Rhein **40**, B3
Rheinbach **11**, C2
Rheinböllen **11**, E5
Rheinbreitbach **14**, E2/E3
Rheinbrohl **15**, E3
Rheingau **8**, D3
Rheingaugebirge **11**, F5–F4
Rheinhessen **8**, C4–D4
Rhein-Hunsrück-Kreis **36**, C2
Rheinisches Schiefergebirge **39**, A4–B4
Rhein-Lahn-Kreis **36**, C2–D2
Rheinland-Pfalz **37**, A4–B4
Rhein-Pfalz-Kreis **36**, D4
Rheinstetten **13**, G9
Rheinzabern **23**, H11/I11
Rhens **11**, E3
Rhön **39**, B4
Rhône **40**, B3
Ried **19**, I8–I7
Riegelsberg **12**, C8
Rieschweiler **23**, F10
Riga **40**, C2
Rio de Janeiro **48**, C4
Rittersdorf **10**, B5
Ritzing ➡ Ritzingen **22**, B9
Ritzingen **22**, B9
Rockenhausen **13**, E6/F6
Rocky Mountains **48**, A2
Rodalben **13**, E8
Roetgen **10**, A2
Rom **40**, C3
Rosbach **11**, E1
Rosport **12**, B6
Rösrath **11**, D1
Rösterkopf **8**, B4
Rostock **39**, C1
Rostow **41**, D3/E3
Rot **23**, J10
Rotbach **14**, C2
Roth (Altenkirchen) **15**, F2
Roth bei Prüm **14**, B4
Rothaargebirge **39**, B3–B4
Ruanda **45**, D3
Rüdesheim am Rhein **8**, C3
Rüdesheim (Nahe) **19**, G7
Rügen **39**, D1
Ruhr **39**, B3
Rülzheim **13**, G8/G9
Rumänien **42.1**, C3
Runkel **15**, H4
Ruppertsweiler **23**, F10
Ruppichteroth **15**, E1/F1
Rur **8**, A2
Rureifel **8**, A2–A1
Rurstausee **10**, A2–B2
Ruschberg **22**, E8
Rüsselsheim **8**, D3
Russland **45**, E1
Ruwer **8**, B4
Rybinsker Stausee **41**, D2

S

Saalbach **23**, J11
Saale **39**, C4
Saar **39**, A5
Saaralben **12**, C9
Saarbrücken **39**, A5
Saarburg **12**, B6/B7
Saargau **8**, A4–A6
Saargemünd **8**, B6
Saarland **37**, A4
Saarlouis **8**, B5
Saar-Nahe-Bergland **8**, B5–C4
Saarunion **13**, C9/D9
Saarwellingen **12**, C8
Sachsen **37**, C3–D3
Sachsen-Anhalt **37**, C3
Sahara **44**, C2
Sahara **49**, C3–D3
Saint-Avold ➡ Sankt Avold **12**, B9
Saint Kitts und Nevis **44**, B2
Saint Lucia **44**, B2
Saint-Paul **45**, E3
Saint Vincent und die Grenadinen **44**, B2–C2
Salmtal **10**, C5
Salomonen **45**, F3
Salz **15**, G3
Salzbach **23**, F11
Salzburg **39**, D6
Sambia **45**, D3
Sandhausen **23**, J9/J10
Sandweiler **12**, A6
San Francisco **48**, A2
Sankt Augustin **11**, D1
Sankt Avold **12**, B9
Sankt Goar **11**, E4
Sankt Goarshausen **11**, E4
Sankt Helena **44**, C3
Sankt Ingbert **13**, D8
Sankt Katharinen **15**, E3
Sankt Leon **23**, J10
Sankt Petersburg **40**, D2
Sankt Vith **8**, A2/A3
Sankt Wendel **8**, B5
San Marino **42.1**, B3
Säntis **39**, B6
Saône **39**, A6
São Tomé und Príncipe **44**, C3–D3
Sarajevo **42.1**, B3
Sardinien **40**, B4
Sarralbe ➡ Saaralben **12**, C9
Sarreguemines ➡ Saargemünd **8**, B6
Sarre-Union ➡ Saarunion **13**, C9/D9
Saudi-Arabien **45**, D2
Sauer (Fluss zum Rhein) **8**, A4
Sauer (Fluss zur Mosel) **8**, A4
Saulheim **13**, F5/G5
Saynbach **15**, G3
Schalkenmehrener Maar **10**, B4/C4
Schengen **12**, A7
Scheuerfeld **15**, G2
Schifferstadt **13**, G7/G8
Schiffweiler **22**, D9
Schillingen **22**, C8
Schimmelkopf **8**, A5/B5
Schlangenbad **19**, H5
Schleiden **14**, B3
Schleithal **13**, F9
Schlesien **39**, D3
Schleswig-Holstein **37**, B1–C1
Schmelz **12**, C7
Schneeberg **39**, C4
Schneekoppe **39**, D4
Schneifel **8**, A3–A2
Schöndorf **22**, C8
Schönecken **10**, B4
Schönenberg-Kübelberg **22**, E9
Schopp **23**, F10
Schriesheim **23**, J9
Schuld **14**, D3
Schwabenheim **19**, G6/H6
Schwäbische Alb **39**, B5
Schwalbach **12**, C8
Schwarzbach **8**, C5–C6
Schwarzer Mann **8**, A3
Schwarzes Meer **41**, D3–E3
Schwarzwald **39**, B5
Schwarzwälder Hochwald **8**, B5–B4
Schweden **42.1**, B1–C1
Schwegenheim **23**, I10
Schweich **12**, B5/C6
Schweigen-Rechtenbach **13**, F9
Schweiz **42.1**, B3
Schwerin **39**, C2
Schwetzingen **13**, G8/H7
Seebach **23**, H12
Seeland **39**, C1
Seelscheid **15**, E1
Seibersbach **19**, F6/G6
Seille **8**, A6
Seine **40**, B3
Selters (Hessen) **11**, G3
Selters (Rheinland-Pfalz) **11**, E2
Selz **8**, D4
Senegal **44**, C2
Serbien **42.1**, B3–C3
Serrig **12**, B7
Seychellen **45**, D3
Shanghai **49**, E2/E3
Shetland-Inseln **40**, B1
Sibirien **49**, E1
Sickinger Höhe **13**, E7–E8
Sieg **8**, D1
Siegburg **11**, D1
Siegen **39**, B4
Siegerland **8**, C1–D1
Sierck **12**, A7
Sierra Leone **44**, C2
Simbabwe **45**, D3
Simmbach **8**, C3–C4
Simmerath **10**, A2
Simmern **8**, C3
Simmertal **19**, F7
Sindorf **10**, B1
Singapur **45**, E2–E3
Singhofen **15**, G4
Sinzig **11**, D2
Sizilien **40**, C4
Skagerrak **40**, B2–C2
Skandinavien **40**, C1
Skopje **42.1**, C3
Slowakei **42.1**, B3–C3
Slowenien **42.1**, B3
Sofia **40**, C3
Sohren **13**, D5
Solgne **12**, A9
Solms **11**, G2
Somalia **45**, D2
Soonwald **8**, C4–C3
Spabrücken **19**, F6
Spanien **42.1**, A3
Spay **15**, F4
Speicher **10**, B8
Spessart **39**, B4
Speyer **8**, D5
Speyerbach **8**, D5
Speyer [kreisfreie Stadt] **36**, D4
Spiesen-Elversberg **13**, C8/D8
Spittel **12**, B8/B9
Spree **39**, D3
Spreewald **39**, D3
Sprendlingen **19**, G7
Sri Lanka **45**, E2
Sri Lanka **49**, E3
Stadecken-Elsheim **19**, H6
Stadtkyll **10**, B3
Staudernheim **19**, F7
Steegen **23**, F9
Steinsel **18**, A8
Steinweiler **23**, H11
Steinwenden **23**, F9
Stendal **39**, C2
Stettin **39**, D2
Stiring-Wendel **12**, C8
Stockholm **40**, C2
Stockstadt **13**, G6/H6
Stolberg **10**, A1
Stralsund **39**, C1
Strasbourg ➡ Straßburg **39**, A5
Straßburg **39**, A5
Straße von Gibraltar **40**, A4
Straße von Kertsch **41**, D3
Stromberg **19**, F6/G6
Stürzelbronn **23**, F11
Sturzelbronn ➡ Stürzelbronn **23**, F11
Stutensee **13**, G9/H9
Stuttgart **39**, B5
Suchona **41**, D1
Südafrika **45**, D3
Südamerika **48**, B4–C4
Sudan **45**, D2
Sudeten **39**, D4
Südgeorgien **44**, C4
Südkorea **45**, F2
Südliche Weinstraße **36**, D4
Südpolarmeer **49**, C6–D6
Südsudan **45**, D2
Südwestpfalz **36**, C4
Suezkanal **41**, D4
Sulzbach **22**, D10
Sumatra **49**, E4
Sundagraben **49**, E4
Suriname **44**, C2
Svalbard **45**, D1
Swinemünde **39**, D2
Świnoujście ➡ Swinemünde **39**, D2
Swistbach **11**, C1–C2
Sydney **49**, F5
Sylt **39**, B1
Syr **18**, A8
Syrien **45**, D2
Szczecin ➡ Stettin **39**, D2

T

Taben-Rodt **22**, B8
Tadschikistan **45**, E2
Taiwan **45**, F2
Tajo **40**, A3
Tallinn **42.1**, C2
Tandel **18**, A6
Tansania **45**, D3
Tasmanien **49**, F5
Taunus **39**, B4
Tawda **41**, E1
Teheran **49**, D2
Teterchen **22**, B10
Téterchen ➡ Teterchen **22**, B10
Teutoburger Wald **39**, B3
Thailand **45**, E2
Thaleischweiler-Fröschen **23**, F10
Thalfang **12**, C6
Thionville ➡ Diedenhofen **8**, A5
Tholey **22**, D9
Thüringen **37**, C3
Thüringer Becken **39**, C3
Thüringer Wald **39**, B4–C4
Tiflis **41**, E3
Tigris **41**, E4
Timor-Leste **45**, F3
Tirana **42.1**, B3
Togo **44**, D2
Tokio **49**, F2
Torne Älv **40**, C1
Totes Meer **41**, E4
Toubkal **40**, A4
Traben-Trarbach **11**, D5
Trassem **22**, B8
Trautzberg **13**, D7
Trebur **13**, G5
Trechtingshausen **11**, E5/F5
Treis-Karden **11**, D4
Trelleborg **39**, C1
Trier **8**, A4
Trier [kreisfreie Stadt] **36**, B3
Trier-Saarburg **36**, B3
Trierweiler **12**, B6
Trinidad und Tobago **44**, B2–C2
Tripolis **40**, C4
Trippstadt **13**, E8
Tristan da Cunha **44**, C3
Trittenheim **12**, C6
Troisdorf **8**, B1
Trulben **23**, F11
Tschad **45**, D2
Tschechien **42.1**, B3
Tunesien **45**, D2
Tunis **40**, B4
Türkei **42.1**, C4–D4
Turkmenistan **45**, D2–E2
Tuvalu **45**, F3
Tuzsee **41**, D4

U

Übach-Palenberg **10**, A1
Überherrn **22**, C10
Ubstadt-Weiher **23**, J11
Uckermark **39**, D2
Üdersdorf **18**, C5
Uganda **45**, D2
Ukraine **42.1**, C3
Ulm **39**, B5